ハヤカワ・ミステリ文庫
〈HM461-1〉

生か、死か

〔上〕

マイケル・ロボサム
越前敏弥訳

早川書房

8161

LIFE OR DEATH

by

Michael Robotham

Copyright © 2014 by

Bookwrite Pty

Translated by

Toshiya Echizen

Published 2018 in Japan by

HAYAKAWA PUBLISHING, INC.

This book is published in Japan by

arrangement with

BOOKWRITE PTY LTD

c/o LUCAS ALEXANDER WHITLEY LTD

acting in conjunction with

INTERCONTINENTAL LITERARY AGENCY LTD

through TUTTLE-MORI AGENCY, INC., TOKYO.

イザベラへ

謝辞

いつもどおり、感謝を伝えたい人たちがいる。編集者、エージェント、出版社の面々だ。中には〝常習者〟もいる。たとえば、マーク・ルーカス、アーシュラ・マッケンジー、ゲオルグ・ロイヒライン、デイヴィッド・シェリー、ジョシュ・ケンダル、ルーシー・マラゴーニ、ニッキー・ケネディ、サム・イーデンボロー、リチャード・パイン。

新しく増えた仲間にもおおぜい世話になったが、とりわけマーク・プライヤーに感謝する。地方検事にして犯罪小説作家のマークは、リヴァプールで生まれ、テキサスで仕事をしている。法律問題に関する助言はかけがえのないものだった。

テキサスの話を書く者はだれしも往年の巨匠を意識するものであり、ウィリアム・フォークナー、コーマック・マッカーシー、ジェイムズ・リー・バーク、ベン・ファウンテン、フィリップ・メイヤーには――そしてオーディオ版で朗読を担当した諸氏にも――恩義を感じている。わたしがテキサスにのめりこみ、願わくはことばのリズムをつかめたとしたら、こうした先人たちの作品のおかげだ。

最後に、成長しながらも、情け深くわたしのもとを離れずにいる三人の娘たちにありがとうと言いたい。この本を末娘のベラに捧げよう。自分が疎外されていると思いがちなこの娘に、わたしは最高のものをとっておくと約束したのだから。

娘たちの母親、つまりわたしの妻が、自分にも感謝のことばがほしいと迫っているが、三十年連れ添った女性を言い表わすことばは尽きかけている。気持ちは伝わっているはずだが、それでもやはり言っておこう。「愛してるよ」

人生はときに壮大で、圧倒的だ――すべての悲劇はそこにある。美もなく、愛もなく、危険もなければ、生きるのはおおかた簡単だ。

アルベール・カミュ

生きるべきか、死ぬべきか、それが問題だ。

ウィリアム・シェイクスピア

生か、死か
〔上〕

登場人物

オーディ・スペンサー・パーマー………脱獄囚
カール……………………………………オーディの兄
バーナデット……………………………オーディの姉
アーバン・コヴィック…………………ナイトクラブ経営者。オーディの元ボス
ベリータ・シエラ・ベガ………………アーバンの愛人
ミゲル……………………………………ベリータの息子
カサンドラ(キャシー)・ブレナン………オーディの道連れ
スカーレット……………………………キャシーの娘
モス・ジェレマイア・ウェブスター……服役囚。オーディの親友
クリスタル………………………………モスの妻
デジレー・ファーネス／フランク・セノーグルス………………ＦＢＩ特別捜査官
エリック・ワーナー……………………ＦＢＩヒューストン支局長
ライアン・バルデス……………………ドレイファス郡保安官
サンディ…………………………………バルデスの妻
マックス…………………………………バルデスの息子
ヴィクター・ピルキントン……………資産家。バルデスの叔父
エドワード・ダウリング………………テキサス州上院議員。元ドレイファス郡地方検事
クレイトン・ラッド……………………オーディの元弁護人

1

オーディ・パーマーは泳ぎを習ったことがなかった。子供のころ、父とコンロー湖へ釣りに出かけたとき、泳ぎがうまいと安全だと錯覚するから危ないと諭《さと》された。溺《おぼ》れるのはたいがい、助かると思って岸をめざした連中で、漂流物にしがみついた者のほうが生き延びるという。

「だから、おまえもそうしろ」父は言った。「カサガイみたいにべったりとな」

「カサガイって何？」オーディは尋ねた。

父は少し考えこんだ。「そうか、じゃあ、崖《がけ》でくすぐられてる一本腕の男みたいにしがみつくんだ」

「ぼく、くすぐったがりだよ」

「知ってる」

父がオーディをくすぐりはじめ、ボートが大きく左右に揺れたので、まわりの魚はみな暗い穴へ逃げ、オーディはズボンに小便の染みを作った。

これは、その後ふたりがしばしば言い交わすジョークとなった——お漏らしをしたことではなく、しがみつくたとえのほうだ。

「ダイオウイカがマッコウクジラに抱きつくみたいに」とオーディが言えば、「こわがりの子猫がセーターにへばりつくみたいに」と父が返す。「赤ん坊がマリリン・モンローのおっぱいにむしゃぶりつくみたいに」

そんなふうにつづいたものだ……。

夜半を少し過ぎたころ、荒れた道で立ち止まったオーディは、釣りに興じた日々を懐かしく思い出し、もう父がいないさびしさを嚙《か》みしめる。頭上で豊かな月が白々《しらじら》と輝き、湖面に銀色の道を敷いている。向こう岸は見えないが、そこにあるのはまちがいない。彼方の岸には未来があり、こちらの岸には死が忍び寄っている。

ヘッドライトの光が揺れながらカーブを曲がり、こちらに向かって加速する。オーディは斜面を駆けおり、光を浴びないように顔を地面に伏せる。トラックが轟音《ごうおん》を立てて通り過ぎ、土ぼこりを蹴りあげて飛散させるが、やがてそれが落ちてきて、歯にまとわりつく。

オーディは両の手足を突いて這《は》い進み、プラスチックのガロン容器をいくつも引きずりながらイバラの茂みを抜けていく。いつなんどき、だれかの叫び声がし、銃弾を装塡《そうてん》する恐ろしい音が響いてもおかしくない。

岸辺に着くと、両手で泥をすくい、顔と腕になすりつける。空《から》のガロン容器が膝《ひざ》を叩く。容器は八つをひとつに束ねて、ロープの切れ端や細く裂いたベッドシーツで縛ってある。ブーツを脱ぎ、両方の紐《ひも》をつなぎ合わせて、首からかける。平織りの洗濯袋をしっかり腰に結びつける。鉄条網に載っていた金属片で手が切れているが、出血はひどくない。シャツを裂いて包帯にし、手のひらに巻きつけてから、歯で固く締める。

頭上の道をさらに何台かの車が通り過ぎる。ヘッドライトの光。人の声。もうすぐ犬が使われるだろう。深い水中へと進みながら、オーディは束ねた容器に手をまわし、胸にかかえこむ。水を蹴りはじめるが、岸から離れるまではあまり大きな水音を立てるのはまずい。

星を目印にして、まっすぐに泳ぐようつとめる。チョーク・キャニオン貯水湖は、ここから向こう岸までおよそ三マイル半だ。ほぼ半ばか、やや手前に島があるが、そこまで生きてたどり着けるのかどうか。

何分、何時間と経つにつれ、時間の感覚が失われていく。二度ひっくり返って溺れかけるが、容器を胸もとでかかえなおして体をもどし、水面から顔を出す。容器がふたつ流れ去り、ひとつは浸水する。手の包帯はとうにほどけている。

思考が漂って、記憶のなかをさまよう——好きだった場所や人々へと、こわかった場所や人々へと。子供のころを思い出す。兄とキャッチボールをしたこと。フィービー・カーターという女の子と冷たいスラーピーを分け合って飲んだこと。フィービーは映画館のいちばん後ろの席で、真っ白な、あの真っ白なショーツに手を入れさせてくれた。オーディが十四歳のときのことだ。観ていたのは〈ジュラシック・パーク〉で、ちょうど簡易トイレに隠れた強欲弁護士をティラノサウルスが食べたところだった。

映画のことはあまり覚えていないが、フィービー・カーターはいまも記憶のなかに生きている。父親はリサイクル電池工場の経営者で、ほかのだれもが塗料より錆《さ》びのほうが多いおんぼろ車に乗っていたころ、ウェスト・ダラス界隈でメルセデスを乗りまわしていた。ミスター・カーターは娘がオーディのような少年と付き合うのに反対したが、フィービーは聞き入れなかった。いまはどこにいるのだろうか。結婚。妊娠。幸福。離婚。仕事の掛け持ち。染めた髪。脂肪の塊《かたまり》。オプラ・ウィンフリーの番組に夢中。

別の思い出のかけら――母がキッチンの流しで洗い物をしながら〈スキップ・トゥ・マイ・ルー〉を口ずさむ姿が見える。母はよく〝バターミルクにハエが〟や〝毛糸玉に子猫が〟の部分を自分流に変えて歌っていた。父はガソリンスタンドからもどると、泡だらけの残り水で手を洗い、ほこりと油を落としていた。

亡き父ジョージ・パーマーはクマのような男で、手が野球のミット並みに大きく、小バエが顔に群がって張りついたようなそばかすが鼻のまわりにあった。堂々たる男。逆運を背負った男。オーディの家系では、男はみな若死にした——たいがいは鉱山か油田での事故のせいだ。落盤事故。メタンガスの爆発。労働災害。父方の祖父は、爆風で二百フィートの彼方から長さ十二フィートの掘り管が飛んできて、頭蓋《ずがい》を砕かれた。伯父のトーマスは仲間十八人と生き埋めになった。遺体は掘り出されもしなかった。

父はその伝統に逆らって、五十五歳まで生きた。油田掘削で金を貯め、給油機二台と作業場と水圧エレベーターとを具《そな》えたガソリンスタンドを買った。二十年にわたって週に六日働き、三人の子供をしっかり学校にかよわせた。いや、兄のカールがその気になりさえすれば、そうできただろう。

父の声はオーディの知るだれよりも柔らかく深みがあり、蜂蜜《はちみつ》の樽《たる》のなかで小石をいくつも転《ころ》がすかのようだったが、歳とともに口数が徐々に減っていき、やがてひげが白くなり、癌《がん》が臓器をむしばんだ。オーディは葬儀の場にいなかった。病床にも付き添えなかった。父の死は、若いころからずっと煙草《たばこ》を吸っていたことではなく、失意の底に落ちたことが原因ではないかとときどき思った。

また体が覆《くつがえ》り、水の下に沈む。水はぬるくて苦く、口へ、喉へ、耳へ、あらゆるところへはいりこむ。なんとか空気を吸いたいが、疲れで体が落ちていく。脚が焼けつき、腕が痛み、とうてい渡りきれない。もうこれまでだ。目をあけると、白い外衣に包まれた天使の姿が見える。外衣が体のまわりで揺れて波打つさまは、泳ぐと言うより飛んでいるかのようだ。天使が両腕をひろげてオーディを抱きしめる。透ける外衣の下は裸だ。かぐわしい香りがし、胸に押しつけられた体の熱さが感じとれる。天使は目を半ば閉じ、唇をゆるめてキスを待っている。

そのとき、オーディの顔を平手で叩いて言う。「泳ぎなさいよ、さあ！」

オーディは手脚をばたつかせて水面に出ると、大きく息をつき、プラスチックの容器が流されないようにしっかりつかむ。胸が大きく波打ち、口と鼻から水が噴き出す。咳《せ》きこむ。まばたきをする。目を凝《こ》らす。水面《みなも》に映る星々と、月光を浴びた朽《く》ち木の先の輪郭《りんかく》が見える。それからもう一度水を蹴って、前へ進む。水中にひそむかすかな影が、沈んだ月のように追ってくるのを感じながら。

それから何時間か経って、足が岩にふれるのに気づいたあと、オーディは体を引きずって岸にあがり、せまい砂浜に倒れこんで容器を蹴り捨てる。夜気は濃密な野生のにおいを孕《はら》み、まだ昼間の熱を放っている。水面のところどころに固まって浮かぶ霧は、溺れた漁師たちの亡霊だろうか。

オーディは仰向けに寝たまま、深い闇をたゆたう雲の奥へ月が隠れていくのを見やる。目を閉じると、腿《もも》にまたがる天使の重みが感じられる。天使が体を前に倒して、その息が頬にかかり、耳のすぐそばで唇がささやく。「約束を忘れないで」

2

サイレンが鳴っている。モスは夢のなかへ帰ろうとするが、金属の階段に重たげな靴の音が響き渡る。鉄の手すりをつかむこぶし、踏み段を舞うほこり。早すぎる。朝の点呼はふだんなら八時のはずだ。なぜサイレンが？　監房の扉が横へ引きあけられ、鈍い金属音が聞こえる。

モスは目をあけて、不満げにうなる。妻のクリスタルの夢を見ていたので、朝立ちでボクサーパンツがテントを張っている。まだまだいけるな、と思う。クリスタルならこう言うだろう――「使うの？　それとも、一日じゅうそこをながめてる？」

出房を命じられた受刑者たちが、臍《へそ》のまわりを掻《か》き、股間《こかん》を押さえ、目やにをこすり落とす。進んで出る者もいれば、警棒を振りまわされて動きだす者もいる。監房は長方形の中庭を囲う形で三つの階に配され、自殺したり通路から投げ落とされたりを防ぐために、中庭には安全ネットが張られている。天井ではパイプが複雑にからみ合い、中に邪悪な生き物がひそんでいるかのように、ごろごろと鳴り響く。

モスは重い体を起こし、房の外へ出る。裸足のままだ。壁に顔を向けて通路に立つ。げっぷ。屁《へ》。体が大きく、腹はたるみかけているが、毎日十回余りの腕立て伏せと懸垂《けんすい》で肩は引きしまっている。肌はミルクチョコレートのような褐色《かっしょく》で、顔に比して目が大きいので四十八歳にしては若く見える。

左へ目をやる。頭を壁に押しつけたジューンバグが、立ったまま眠ろうとしている。前腕と胸でタトゥーが猛々《たけだけ》しく跳ねている。薬物常習者だったこの男は、細い顔に生やした口ひげを頰の半ばまで届く翼の形に整えてある。

「何があったんだ」

ジューンバグが目をあける。「脱獄らしいな」

モスは反対側を見る。房の外に立つ受刑者が通路沿いに数十人並んでいる。全員だ。いや、ちがう。体を右へ傾けて、隣の房をのぞこうとする。看守たちが近づく。

「おい、オーディ、起きろよ、なあ」モスはささやき声で言う。

静寂。

上階から声が響く。だれかが言い争っている。小競《こぜ》り合いの音がつづき、ニンジャ・タートルどもが猛然と階段を駆けあがって、制裁を加える。

モスはオーディの房へさらに寄る。「起きろったら」

反応がない。

ジューンバグのほうを見る。互いの目が合い、無言で質問を交わす。

モスは看守に見られるのを承知のうえで、右へ二歩動く。オーディの房の暗がりへ目を注ぐと、壁に据えつけられた寝台が見える。洗面台。便器。人の姿はない。生身であれ、死体であれ。

上で看守が叫ぶ。「全員確認、異状なし」

下の階で別の声がする。「全員確認、異状なし」

制帽と警棒の群れが近づいてくる。受刑者はみな壁に体を押しつける。

「こっちだ!」ひとりの看守が叫ぶ。

靴の音がつづく。

どこかに隠れる場所があるとでも言わんばかりに、ふたりの看守がオーディの房を探る——枕の下や制汗剤の後ろまでを。モスが思いきって首をめぐらすと、副所長のグレイソンが汗まみれで階段をのぼりきったのが見える。アニメの〝ふとっちょアルバート〟以上の肥満体で、腹の肉がつややかな革ベルトにかぶさり、さらに何段もの贅肉《ぜいにく》が首を絞めつけている。

グレイソンがオーディの房に着く。中を見、大きく息を呑んで、吸いつくような音を唇から発する。警棒を腰からはずして手のひらに打ちつけ、モスへ顔を向ける。

「パーマーはどこだ」

「知りませんよ」

警棒が膝の裏に振りおろされ、モスは伐採《ばっさい》された木のように倒れる。グレイソンが見おろしている。

「最後に見かけたのはいつだ」

モスは思い出そうとしてことばに詰まる。警棒の先が右の肋骨のすぐ下の脇腹を直撃する。目のなかで世界が火花を散らして揺れる。

「食事のときです」あえぎながら言う。

「いまどこにいる」

「知りません」

グレイソンの顔から熱気が立ちのぼるかのように見える。「全館を封鎖しろ。やつを探すんだ」

「朝食はどうしますか」ひとりの看守が尋ねる。

「全員、待たせておけ」

モスは房へ引きもどされる。各房の扉が閉まる。つぎの二時間、モスは寝台に横になったまま、建物じゅうが震えてうなりを立てるのに耳を傾ける。いま、やつらは作業場にいる。さっきは洗濯場と図書室だった。

隣の房から、ジューンバグが壁を軽く叩く音が響く。「おい、モス！」

「なんだ」

「あいつ、脱走したと思うか」

モスは答えない。

「なんで最後の夜にこんなことをする?」

モスは黙したままだ。

「おれ、いつも言ってたろ、あの野郎は頭がいかれてるって」

看守たちがまた来る。ジューンバグは寝台へ引き返す。モスは耳をそばだて、肛門の筋肉が震えるのを感じる。自分の房の外で靴音が止まる。

「立て! 奥の壁を向け! 脚を開け!」

三人の男がはいってくる。モスは手錠をかけられて、腰に巻かれた鎖に手首をつながれ、両足首を縛られる。すり足でしか歩けない。ズボンのボタンがはずれたままだが、はめなおす時間がない。やむをえず片手でズボンを引っ張りあげる。受刑者たちがそれぞれの房でわめき、大声であれこれ訴えている。モスは幾筋も差しこんだ陽光のあいだを進み、正面玄関の外に並ぶパトロールカーに目を留める。磨かれた車体で光が星のように照り返している。

管理棟に着くと、腰かけるよう指示される。両脇の看守は無言だ。そのふたりの横顔が見える。庇《ひさし》つきの制帽、サングラス、焦げ茶の肩章がついた淡褐色のシャツ。近くの会議室から話し声が聞こえる。ときどき、ひとつの声がほかの声より際立って響く。非難する。叱責《しっせき》する。

食べ物が届く。胃がよじれ、口に唾《つば》がたまるのがわかる。また一時間。さらに長く。声の主たちが去る。モスの番だ。小股で歩き、視線を落としたまま、ぎこちなく部屋へはいる。所長のスパークスはダークスーツ姿だが、そのスーツは長く腰かけていたせいで皺《しわ》だらけだ。スパークスは背が高く、豊かな銀髪と細長い鼻の持ち主で、頭に本を載せてバランスをとるような歩き方をする。スパークスから後ろへさがるよう指示されて、看守がドアの両脇に立つ。

片側の壁に、食べかけの料理が並んだテーブルがある。ソフトシェル・クラブの唐揚《からあ》げ、スペアリブ、フライドチキン、マッシュポテト、サラダ。黒い焦げ目のついた焼きトウモロコシがバターで輝いている。スパークスがスペアリブを手にとって、骨から肉をしゃぶりとり、濡れたナプキンで指を拭く。

「きみの名前は？」

「モス・ジェレマイア・ウェブスター」

「モスという名前の由来はなんだ」

「ああ、そりゃまあ、おふくろが出生届にモーゼって綴《つづ》りを書けなかったんで」

看守のひとりが笑う。スパークスは鼻柱をつまむ。

「腹が減っているかね、ミスター・ウェブスター。皿のものをとるといい」

豪勢な食べ物を目にして、モスの腹が鳴る。「おれの処刑が決まったんですか」

「なぜそう思うのかね」

「こんな食い物が出たら、いよいよ最後の晩餐《ばんさん》かもしれない」

「だれもきみを処刑しない……金曜日にはな」

スパークスは笑い声をあげるが、モスにはたいして面白いジョークとは思えない。だからじっとしている。

――毒がはいってるのかもしれない。所長は食ってるぞ。どこをかじればいいか、わかってるのかもな。ええい、かまうもんか！

不器用に歩を進め、モスはプラスチックの皿に食べ物を載せはじめる。スペアリブとカニ爪とマッシュポテトを高く積み、そのてっぺんになんとかトウモロコシを置こうとする。皿へ身を乗り出して両手で食べると、汁が頬を汚し、顎《あご》を伝う。一方、スパークスはスペアリブをもう一本とって向かいの椅子にすわり、どことなく不快そうな様子でいる。

「恐喝《きょうかつ》、詐欺《さぎ》、薬物売買――きみは二百万ドル相当のマリファナ所持で逮捕された」

「ただの葉っぱですよ」

「その後、刑務所内でひとり殴り殺した」

モスはことばを返さない。

「殺されてもしかたがない相手だったのか」

「あのときはそう思いました」

「で、いまならどうだ」

「ちがうことを山ほどするでしょうね」

「何年前のことだ」

「十五年前です」

モスはあわただしく食べる。肉のかけらが喉の半ばに詰まって、おりていかない。こぶしで胸を叩くと、手錠《てじょう》が音を立てる。スパークスが飲み物を勧め、モスは缶入りのソフトドリンクを、いつ持ち去られるかと恐れて一気に飲みほす。口をぬぐう。げっぷを出す。また食べる。

スパークスはリブをきれいにしゃぶりつくしている。体を前へ乗り出し、骨をモスのマッシュポテトに旗竿《はたざお》よろしく突き立てる。

「最初からはじめよう。きみはオーディ・パーマーと親しい。そうだな?」

「知り合いです」

「最後に見たのはいつだ」

「きのうの夕食のときです」

「いっしょにすわったんだな」

ろける。

「他愛のないことですよ」

スパークスは無表情な目で待っている。モスの舌の上で焼きトウモロコシのバターがと

「何を話した」

「ええ、はい」

「ゴキです」

「なんだと？」

「ゴキの退治のしかたを話しました。アマーフレッシュの練り歯磨きを壁の割れ目に塗れって、オーディに言ったんですよ。ゴキは練り歯磨きをきらう。なぜか知らないけど、とにかくそうなんです」

「ゴキブリか」

モスはマッシュポテトを頬張っては話す。「寝てるあいだにゴキブリが耳に忍びこんだ女の話を聞いたことがありましてね。孵《かえ》った幼虫が脳みそまでもぐりこんだらしい。ある日、その女が死んでるのが見つかって、鼻の穴からそいつらがぞろぞろ出てきたそうです。人類はゴキブリと戦ってるんですよ。シェービングクリームを使えってやつもいるけど、あんなものじゃひと晩ともたない。アマーフレッシュがいちばんだ」

スパークスはモスをじっと見る。「当所の害虫駆除《くじょ》に問題はない」

「ゴキブリにそんなお達しが通じるかどうか、怪しいもんです」

「年に二回、燻蒸《くんじょう》消毒をおこなっている」

害虫駆除のことならモスは知りつくしている。看守が受刑者のもとに来て寝台に横になれと命じ、いかにも毒性がありそうなにおいの化学薬品を監房に散布する。そのせいで全員の気分が悪くなるが、ゴキブリへの影響はゼロだ。

「食事のあとはどうした」スパークスが尋ねる。

「自分の房へもどりました」

「パーマーを見かけたか」

「読んでましたよ」

「読んでた？」

「本をです」くわしい説明が必要なのかもしれないと思って、モスは言い足す。

「どんな本だ」

「写真のない分厚いやつです」

こんなとき、スパークスにはどんなユーモアも通じない。「パーマーの出所日がきょうだったのを知っているかね」

「はい」

「出所の前夜に脱走するのにはどんな理由がある？」

モスは唇についた脂《あぶら》をぬぐう。「まったくわかりません」

「少しは知っていてもおかしくあるまい。あの男は十年ここにいた。あと一日で自由の身になれるのに、それを待たずに脱獄囚になる。捕まれば裁判にかけられて実刑がくだる。もう二十年は食らうだろう」

なんと答えればいいのか、モスにはわからない。

「聞いているかね」

「ええ、はい」

「オーディ・パーマーと親しくなかったとは言わせないぞ。あがいても無駄だ。こういうロデオははじめてじゃない。馬が振り落とそうとすればわかる」

モスは目をしばたたいてスパークスを見る。

「パーマーと隣同士だったのは──そう──七年か。やつはきみに何か言ったにちがいない」

「まさか、とんでもない。ひとことも聞いてませんよ」

食べたものが逆流する。げっぷが出る。スパークスはまだしゃべっている。「連邦政府が釈放《しゃくほう》を許可するその瞬間まで、受刑者を監禁しておくのがわたしの仕事だ。パーマーはきょう許可がおりる予定だったにもかかわらず、早く出ることに決めた。なぜだ」

モスの両肩があがってさがる。

「推察しろ」

「そのことばの意味がわかりません」

「きみの考えを聞きたい」

「おれの考えですか？　オーディ・パーマーはビスケットに糞《くそ》をのっけるよりまぬけなことをやらかしたとしか言いようがない」

モスはことばを切り、皿に残った食べ物を見る。スパークスが上着のポケットから写真を取り出し、テーブルに置く。写っているのはオーディ・パーマーだ。子犬の目と柔らかな前髪を持ち、グラス入りの牛乳のように健《すこ》やかに見える。

「ドレイファス郡の現金輸送トラック襲撃事件について、何を知っている」

「記事で読んだことだけです」

「オーディ・パーマーが何か言っただろう」

「いいえ」

「きみは尋ねなかったのか」

「もちろん尋ねましたよ。みんなが訊きまくりました。看守全員。受刑者全員。訪問者全員。家族も。友達も。あの金がどうなったのか、ここにいるだれもが知りたがった」

嘘をつく必要はない。人間だろうが獄中のけだものだろうが、テキサスであの強奪事件を知らない者がいるとは思えない――金が消えただけでなく、その日に四人も死んだのだから。ほかに逃亡者がひとり。逮捕者がひとり。

「それで、パーマーはなんと言った」

「まったく何も」

スパークスは風船に空気を入れるときのように頰をふくらませ、それからゆっくりと息を吐く。

「だからあの男の脱獄を助けたのか。金を分けてやると言われて」

「だれの脱獄も助けてません」

「わたしに向かって、片脚をあげて小便をかけようというのか」

「とんでもない」

「では、きみにひとことも告げずに親友が脱獄したなどという話を、このわたしに信じろと？」

モスはうなずき、スパークスの頭上の何もない空間に目をやる。

「オーディ・パーマーに女はいたのか」

「よく寝言で女のことを言ってましたけど、とっくに別れてるはずです」

「家族は？」

「母親と、姉がひとり」

「母親はだれにでもいる」

「母親からよく手紙が来てました」

「ほかにだれかいるか」

モスは肩をすくめる。所長がオーディのファイルから見つけた以上のことを明かすつもりはない。この面会からたいした成果が得られないことを、どちらも承知している。

スパークスが立ちあがって歩きまわると、靴がリノリウムの床をこすって音を立てる。その姿を追って、モスは首を左右に動かす。

「よく聞いてもらいたいんだがね、ミスター・ウェブスター。ここに入所したとき、きみには規律面でいくつかの問題があったが、それらは小さな欠点にすぎず、きみは克服した。そして数々の恩恵を得た。苦労して手に入れたものだ。だからこそ、きみが良心の呵責《かしやく》ゆえにパーマーの行き先を告げたいと思っているのが、わたしにはわかるのだよ」

モスはぼんやりと見返す。スパークスは足を止め、両手をテーブルにしっかりと置く。

「教えてくれないか、ミスター・ウェブスター。きみたちのあいだでは沈黙の掟《おきて》が幅をきかせているようだが、それでどうなるというのかね。きみたちはけだもののように生き、けだもののように考え、けだもののように行動する。狡猾《こうかつ》。凶暴。利己。盗み合う。殺し合う。ファックし合う。結託する。掟を守ってなんになるというんだ」

「おれたちを団結させるもののなかで、掟は二番手ですよ」口を慎《つつし》めと思いながらも、モスは心の声を無視する。

「一番手はなんだね」スパークスは尋ねる。

「あんたみたいなやつらを憎むことだ」

スパークスはテーブルをひっくり返し、食べ物が載った皿を床にぶちまける。肉汁とマッシュポテトが壁を伝い落ちる。看守たちが合図を待つ。モスは荒々しく立たされ、ドアの外へ押し出される。すばやく足を動かして、どうにか転ばずに耐える。看守たちは半ば運ぶようにしてモスを歩かせ、半ダースのドアを反対側から解錠させて通り抜けたすえ、二階下へ達する。房に連れもどすのではない。行き先は重警備区だ。独房。懲罰房。新たな鍵が錠《じょう》に差しこまれる。蝶番《ちょうつがい》がかすかにきしむ。別の看守ふたりが身柄を預かる。モスは服を脱げと命じられる。靴。ズボン。シャツ。

「なぜここへ来たんだ、糞野郎」

モスは答えない。

「脱獄を手伝ったんだな」もうひとりの看守が言う。

「手伝ってない」

最初の看守がモスの結婚指輪を指さす。「そいつをはずせ」

モスはまばたきをする。「規則では、つけていていいはずだ」

「はずさないと指を折るぞ」

「おれにはこれしかない」

モスはこぶしを握る。看守が警棒で二度殴る。応援が呼ばれる。看守たちはモスを押さえつけて殴りつづける。その音は妙に小さく、腫《は》れあがるモスの顔に驚きの色が浮かぶ。モスは殴打に倒れ、口からうめきと血反吐《ちへど》を発しながらも、頭を靴で踏みつけられる。光沢剤と汗が混じる床のにおいが鼻を突く。胃がひっくり返るが、スペアリブとマッシュポテトはおさまったままだ。

ひととおり終わってほうりこまれたのは、鋼鉄の網がめぐらされた小さな檻《おり》だ。コンクリートの床にじっと横たわりながら、喉の奥で湿った音を鳴らし、鼻血をぬぐい、ぬめつく血糊《ちのり》を指先でこすり合わせる。この仕打ちからいったい何を学べというのか。

それからモスは、オーディ・パーマーと消えた七百万ドルのことを考える。オーディが金のもとへ向かったなら、それでいい。残りの人生をカンクンでピニャコラーダを飲んだり、モンテカルロでカクテルを楽しんだりして過ごすなら、それでいい。糞どもはいい気味だ！　いい暮らしこそ最高の復讐《ふくしゅう》だ。

3

夜明けが近づいて星がいっそう明るく感じられ、オーディは星座をいくつか見つける。名前を言えるものもある。オリオン座、カシオペア座、おおぐま座。あまりにも遠くから、何百万年も前の光を届ける星もある。過去が時空を超えてたどり着き、現在を照らしているかのようだ。

運命は星々に綴られていると信じる者もいるが、それがほんとうなら、自分は悪い星のもとに生まれたにちがいない。運命や神意や業《ごう》が存在するとは信じない。物事にはすべて理由があるとか、一生を通じて見れば運は公平にもたらされるもので、通り過ぎる雲が少しずつ雨を降らせるのと同じだとか、そんなふうにも思わない。胸の内で確信しているのは、死はいつ訪れてもおかしくなく、生とはつぎの一歩を正しく踏み出すことにほかならないことだけだ。

オーディは洗濯袋の口をほどいて着替えを取り出す。ジーンズと長袖シャツ。施錠していない看守の車にあったスポーツバッグから盗んだものだ。靴下を履《は》き、濡れたブーツに足を入れる。

受刑者服を地中に埋めたあと、東の地平線がオレンジ色にふちどられるまで待ち、ようやく歩きだす。石ころだらけのせまい湿地を一本の小川が通り、貯水湖へ流れている。低い場所の霧がなかなか晴れず、浅瀬に立つ二羽のサギを庭の飾り物と見誤りそうだ。土手はツバメが作った巣で穴だらけになっていて、ツバメたちは水面すれすれにせわしなく飛びまわっている。小川沿いに歩いていくと、薄汚れた農道と一車線の橋にたどり着く。オーディは車の音に耳を澄まし、土ぼこりに注意を払いながら、道をなぞって進んでいく。

太陽がのぼり、萎《な》えた木立の上で赤く揺らめいている。四時間後、水は記憶の彼方に去り、ぎらつく球が溶接の炎さながらに首の後ろを焼く。体じゅうの皺とくぼみにほこりが付着している。道にほかの者の姿はない。

正午を過ぎ、位置を確認するために丘へのぼる。古代文明が遺した死の世界を渡り歩く気分だ。古びた水路沿いに生える木々が動物の群れを思わせ、陽炎《かげろう》が立ちのぼる平地にはバイクの轍《わだち》や七面鳥の通り跡が散在する。ジーンズがだぶついてさがり、腋《わき》には汗染みがひろがる。二度トラックが通ったため、岩や平石の散らばる上を滑りおり、茂みや巨岩の陰に隠れざるをえなかった。平らな岩に腰をおろしてひと休みしたオーディは、よその家の玄関先から牛乳代をくすねたのを父に見つかって、庭じゅう追いまわされたときのことを思い起こす。

「だれに指図されたんだ」父は白状させようとして、オーディの耳をつねった。

「だれにも」

「正直に言わないと、もっと痛い目に遭《あ》うぞ」

オーディはしゃべらなかった。男らしく罰を受け、腿のミミズ腫《ば》れをさすりながら、父の目に浮かんだ失望を見てとった。兄のカールが家のなかから様子をうかがっていた。「よくやった」あとになってカールは言った。「だけど、金を見つけられちゃだめだ」

オーディは道にもどり、ひたすら歩く。午後はずっと、四車線の舗装道路を渡って、その道から少し離れて進み、車が通るときだけ身を隠す。一マイル歩くと、北へ曲がる荒れた道にぶつかる。轍のついた道の彼方に泥水のタンクとポンプがある。油井《ゆせい》やぐらの輪郭が空を背景に際立ち、頂上から出る炎が陽炎を作っている。夜になれば、あの炎は明かりが群がる上に浮かんで何マイル先からも見え、遠い惑星の新生コロニーを思わせるのだろう。

油井やぐらをながめるオーディは、老人に見られているのになかなか気づかない。ずんぐりとした褐色の肌の老人が、鍔広《つばびろ》の帽子につなぎ服といういでたちで立っている。重りと彩色したポールがついた遮断機《しゃだんき》の隣だ。屋根と三枚の壁だけの小屋が近くに建っている。ただ一本の立木の下に、ダッジの小型トラックが停めてある。

老人はあばた顔で、額《ひたい》が平たく、両目の間隔が広い。腕にショットガンを載せている。

オーディは微笑《ほほえ》もうとする。顔面のほこりがひび割れる。

「やあ、こんにちは」

老人は曖昧《あいまい》にうなずく。

「水をもらえたらありがたいんですが」オーディは言う。「喉がからからなので」

老人はショットガンを肩にかけて小屋の脇へと歩き、水桶《みずおけ》の蓋《ふた》をあける。釘《くぎ》に掛かった金属の杓《しゃく》を指さす。オーディはそれを桶に入れて静かな水面を割り、最初のひと口を一気に飲もうとするが、鼻にまで水がはいる。咳きこむ。また飲む。思っていたより冷たい。

老人はつぶれた煙草の包みをつなぎ服のポケットから出すと、一本に火をつけ、空気をすっかり入れ替えるつもりなのか、煙を深々と肺に入れる。

「こんなところで何をしている」

「女と喧嘩《けんか》したんです。あのばか女、車でさっさと行って、こっちは置き去りですよ。もどると思ったのに——来なかった」

「帰ってきてもらいたいなら、悪口は言わないことだな」

「まあね」オーディはそう言って、すくった水を頭にかける。

「どこでほうり出された」

「キャンプをしてたんです」

「貯水湖のそばか」

「ええ」

「ここから十五マイルあるぞ」

「歩きとおしましたよ」

タンクローリーが道でうなりをあげる。老人は遮断機の重りのついた端に体重をかけ、ポールを真上にあげる。手を振って合図を交わす。タンクローリーが走っていく。土ぼこりがおさまる。

「ここで何をしてるんです」オーディは尋ねる。

「この場所を守っている」

「何を守ってるんですか」

「掘削施設だ。高価な設備がいろいろある」

オーディは手を差し出して自己紹介をする。ミドルネームのスペンサーを名乗ったのは、警察がその名を公表している可能性が低いからだ。老人はほかに何も尋ねない。ふたりは握手する。

「エルネスト・ロドリゲスだ。みんなはアーニーと呼んでいる。そのほうがヒスパニック系に聞こえないからな」声をあげて笑う。またトラックが一台やってくる。

「だれか車に乗せてくれますかね」

「どこへ行きたいんだ」

「バスか列車に乗れる場所ならどこでも」

「女はどうする」

「たぶんもどってきませんよ」

「あんた、どこの人間だ」

「ダラスで育ったけど、そのあとしばらく西のほうにいました」

「仕事は？」

「なんでも少しずつ」

「じゃあ、どこへでも行って、なんでも少しずつやるのか」

「そんなところです」

アーニーは南の平原を見渡す。急流が大地に搔き傷を負わせ、ところどころで岩がむき出しになっている。その近くから柵《さく》がつづき、地の果てで沈んでいるかのように見える。

「フリーアまでなら乗せてやる」アーニーが言う。「だが、あと一時間ばかり仕事がある」

「恩に着ますよ」

オーディは日陰に腰をおろしてブーツを脱ぎ、両手にできた水ぶくれや切り傷にそっとさわる。つぎつぎとゲートを通るトラックが、タンクをいっぱいにして去り、空っぽにしてもどってくる。

アーニーは話好きだ。「昔は軽食屋のコックをやっていたんだが、もう引退したよ。ブームが来たせいで、いまはあのころの倍は儲《もう》かる」

「なんのブームですか」

「石油とガス。大ニュースだったよ。イーグル・フォード層群というのを聞いたことはあるか」

オーディは首を横に振る。

「このテキサスの南東を走る堆積岩層《たいせきがんそう》のことだ。大昔の海の化石がぎっしり詰まっている。そこから石油が採《と》れるんだ。それに、地下の岩盤には天然ガスが閉じこめられている。掘るだけでいい」

アーニーはいかにも簡単そうに言う。

夕暮れの少し前に、一台の小型トラックが別の方角からやってくる。夜間の見張り番だ。アーニーは遮断機の鍵をその男に渡す。オーディはダッジに乗って待つ。ふたりが何を話しているのか気になるが、勘ぐってもどうにもならない。アーニーがもどり、運転席に乗りこむ。轍だらけの道を注意深く進み、東へ向かってファーム・トゥ・マーケット・ロードへはいる。ウィンドウはあけたままだ。アーニーは両肘《りょうひじ》でハンドルを押さえながら、少し下を向いて煙草に火をつける。吹きつける風に負けない大声で、娘や孫息子と同居していることを語る。家はプレザントンのはずれにあるらしい。アーニーが言うと〝プレダンタン〟に聞こえる。

西の空では、一群の雲が太陽を呑みこんで地平線に沈めたところだ。濡れた新聞紙が炎に舐《な》められるさまに似ている。オーディは窓枠に肘をかけて検問やパトロールカーを警戒する。もう逃げきったとは思うが、いつまで捜索がつづくかはわからない。

「今夜泊まる場所はあるのか」アーニーが訊く。

「まだ決めてません」

「プレザントンにはモーテルがいくつかあるが、どれも泊まったことがないんだ。必要ないからな。金は持っているのか」

オーディはうなずく。

「女に電話をかけたらどうだ――謝るんだよ」

「もうずっと遠くにいますよ」

アーニーは指でハンドルを軽く叩く。「うちだと納屋《なや》で寝てもらうしかないが、モーテルより安いし、娘は料理がうまい」

オーディは辞退のことばを小声で口にしようとするが、モーテルではチェックイン時に身分証の呈示を求められるので、どうにもならない。もう警察から顔写真が送られているはずだ。

「じゃあ決まりだ」アーニーはラジオのスイッチに手を伸ばす。「音楽でも聞くか」

「いえ」オーディは間髪を入れずに言う。「話をしましょう」

「いいとも」

プレザントンの数マイル南で、トラックは一軒のあばら家の前に停まる。家の脇に納屋と貧弱なポプラの木立が見える。エンジンがぎこちなく止まると、庭の向こうから犬がやってきて、オーディのブーツのにおいを嗅《か》ぐ。

アーニーはトラックをおりて、玄関のステップをあがり、帰ったぞと叫ぶ。

「夕食に客をひとり呼んだよ、ロージー」

廊下の奥にキッチンの明かりが見え、そこで女がガスレンジの前に立っている。尻が大きく、美しい丸顔の女だ。肌は薄茶色、目は切れ長で、メキシコ人より先住民に近く見える。色あせたプリント地のワンピースを着て、足はむき出しだ。

女はオーディを見て、父親へ目をもどす。「どうしてそれをあたしに？」

「この男は腹が減っていて、おまえは料理をしている」

女はガスレンジへ向きなおり、フライパンでは肉の焼ける音が立つ。「ああ、そういうこと」

アーニーはオーディに笑みを向ける。「シャワーを浴びるといい。着替えを用意しておくよ。その服はロージーがあとで洗濯する」それから娘のほうを見る。「デイヴの古い服はどこにしまってあるんだ」

「あたしのベッドの下の、あの箱のなか」

「こいつに何か見つくろってもいいか」

「好きにして」

オーディはシャワールームへ案内され、きれいな服を一式渡される。熱いしぶきの下にじっと立ち、湯で皮膚をピンクに染める。ぜいたくだ。夢のようだ。刑務所でのシャワーは、あわただしく制限だらけの危険な時間であり、体を洗えた気が少しもしなかった。

ほかの男の服を身につけて手櫛《てぐし》で髪を整え、廊下を引き返す。テレビの音が聞こえる。レポーターが脱獄事件を報道している。オーディはあいたドアからそっと顔をのぞかせて、テレビの画面を見る。

「オーディ・スペンサー・パーマーは、四人の死者が出たテキサス州ドレイファス郡の現金輸送トラック襲撃事件で十年の刑に服し、まもなく出所するところでした。当局の見解によると、パーマーはチューインガムの包み紙で警報システムを遮断したあと、洗濯場のシーツを使ってふたつのフェンスをよじのぼり……」

小さな男の子がテレビの前の敷物にすわっている。箱からおもちゃの兵隊を出して遊んでいるところだ。顔をあげてオーディを見、それからテレビへ目をやる。つぎの話題だ。女の気象予報士が地図を指している。

オーディは床に腰をおろす。「やあ」

男の子がうなずく。

「きみの名前は？」

「ビリー」

「なんのゲームをしてるんだ、ビリー」

「兵隊ごっこ」

「だれが勝ってるのかな」

「ぼく」

オーディは笑ったが、ビリーにはなんのことかわからない。キッチンからロージーが呼ぶ。夕食の準備ができたという。

「お腹《なか》がすいたかい、ビリー」

ビリーはうなずく。

「急がないとなくなっちゃうぞ」

ロージーがあらためてテーブルを見渡して、ナイフとフォークと皿を配るとき、腕がオーディの肩にかすかにふれる。ロージーは席につき、祈りを唱《とな》えるようビリーに促《うなが》す。ビリーは何やらつぶやくが、「アーメン」だけははっきりと言う。料理の皿が手渡され、食べ物がスプーンですくわれ、フォークで刺され、たいらげられる。アーニーがあれこれ質問をし、ついにロージーが「だまってこの人に食べさせてあげたら」と言う。

ロージーはときどきオーディを盗み見る。食事の前に服を着替えたらしい。さっきのより新しく、少しきつそうな服だ。

食事が終わって男たちがポーチでくつろいでいるあいだに、ロージーはテーブルを片づけ、皿を洗って乾かし、調理台をきれいに拭いて翌日用のサンドイッチを作る。ビリーがアルファベットを暗唱する声が聞こえる。

アーニーは煙草を吹かし、片足をポーチの手すりに載せる。

「で、この先どうするつもりだ」

「ヒューストンに親戚がいるんです」

「電話をしたらどうだ」

「こっちへ来たのは十年前ですからね。すっかり連絡を絶やしてしまって」

「近ごろは連絡を絶やしづらい世の中だ——ずいぶんな努力が要《い》ったろう」

「まあ、そうですね」

ロージーがドアの内側でずっと聞き耳を立てている。アーニーはあくびをして伸びあがり、もう寝ると言う。オーディを納屋のねぐらへ案内し、おやすみの挨拶《あいさつ》をする。オーディは少しのあいだ外へ出て、星をながめる。引き返そうとしたとき、雨水桶のそばの物陰にいるロージーに気づく。

「あなた、ほんとうはだれなの？」ロージーが咎《とが》めるように問いただす。

「きみたちの好意に感謝している流れ者だよ」

「盗みを働くつもりなら、お金はないけど」

「寝る場所さえあればいい」

「女に逃げられてどうのこうのと、父さんに嘘八百を並べたでしょう。この家に三時間いたのに、電話を貸してくれと言わなかった。ほんとうはどうしてここに来たの?」

「ある人との約束を守ろうとしてる」

ロージーがあざけるように鼻を鳴らす。半身だけ物陰から出したまま動かない。

「この服はだれのだ」オーディは尋ねる。

「夫のよ」

「ご主人はどこに?」

「あたしより気に入った相手を見つけたの」

「すまない」

「どうして? あなたのせいじゃないのに」ロージーはオーディの背後の闇を見やる。

「太ったって言われた。もうさわりたくないって」

「いい女だと思うよ」

ロージーはオーディの手をとって、胸にふれさせる。鼓動が伝わる。それからロージーは顔をあげ、唇をオーディの唇に押しつける。荒々しく、飢えた、自暴自棄《じぼうじき》に近いキスだ。

痛みが感じとれる。

オーディは手を振りほどきながら、腕を伸ばして押しとどめ、目をじっと見る。それから額にキスをする。

「おやすみ、ロージー」

4

刑務所は、来る日も来る日もオーディ・パーマーを殺そうとした。起きているときも。眠っているときも。食べているときも。シャワーのときも。運動場を周回しているときも。季節を問わず、焼けつく夏も凍《い》てつく冬も――その中間はほとんどないが――刑務所はオーディ・パーマーを殺そうとした。しかしオーディはどうにか生き延びた。

モスにとって、オーディはどんな非道な仕打ちにもけっして屈しない異世界の人間に見えた。この世でやり残したことがあるために天国や地獄から帰還する人間の話を、モスは映画で観たことがあった。ひょっとしたらオーディも、悪魔の帳簿のつけまちがいか人選のまちがいで地獄から送り返されたのではあるまいか。もしそうなら、桁《けた》ちがいにむごたらしい光景を見てきたのだから、刑務所暮らしをありがたく思っても不思議はない。

モスがオーディをはじめて見かけたのは、この青年がほかの新規入所者とともに大廊下を歩いてきたときだった。両側に房が並び、フットボール場ほどの奥行きがあるこの通路は、ワックスがけの床と、上でかすかにうなりを立てる蛍光灯があるだけの、だだっ広い空間だ。両側の房の住人たちが見物し、新入りに向かって囃《はや》したり口笛を吹いたりした。房の扉がいっせいにあけられ、人があふれ出る。日に一度のことだが、地下鉄のラッシュアワーのように混み合う。その隙に受刑者たちは支払いをし、発注をし、禁制品を受けとり、標的を探す。刃傷沙汰《にんじょうざた》に及んでも逃げおおせることが多かった。

ほどなく、オーディに目をつける者が現われた。若くて見た目がいいのだから当然だが、その連中はそれよりも金に興味を示した。手なずけるにしろ叩きのめすにしろ、そこには七百万の理由があった。

オーディが来て何時間かのうちに、その名は所内の情報網で広まった。震えあがって懲罰房への避難を願い出てもおかしくなかったが、オーディはそうせずに、千人もの男たちが何百万歩も歩きまわる運動場を静かに散歩した。オーディはごろつきでもマフィアでも殺し屋でもない。何かに見せかけようとしないので、それがいつも面倒の種になった。血統書なし。後ろ盾なし。刑務所で生き抜くには、同盟を結ぶか、徒党を組むか、庇護者《ひごしゃ》を見つける必要がある。上品でおとなしくて金持ちでは、やっていけるはずがない。

モスは距離を置いて一部始終を見守り、興味はいだいてもゲームにはかかわらなかった。おおかたの新入りはさっそく意思表明につとめ、縄張りを示したり捕食者が近づかないように警告を発したりするものだ。やさしさは弱さと見なされる。同情も。善意も。だれかに食べ物を奪われるくらいなら、ごみ箱へ捨てろ。列にはぜったい割りこませるな。

最初に手を出したのは〝ダイスマン〟だった。密造酒を手に入れてやろうと持ちかけた。オーディは丁重に辞退した。そこでダイスマンはつぎの手を打った。テーブルの横を通り過ぎざまに、オーディの食事用トレーをひっくり返したのだ。オーディは床にこぼれた肉汁とマッシュポテトとチキンを見つめた。それからダイスマンへ目を向ける。何人かが声をあげて笑った。ダイスマンの背が六インチばかり伸びたように見えた。オーディは何も言わない。身をかがめ、無残に散らばった食べ物をすくってトレーにもどした。

周囲の者は少し身を引いて、ベンチに腰かけた。停止した電車の乗客のように、全員が何かを待ち受けた。相変わらずオーディは床にしゃがんで食べ物を拾いつづけ、だれの目も気にしない。まるで、みずから創造した世界、他人の思い及ばない宇宙、凡人《ぼんじん》が夢に見るしかない境地にいるかのようだった。

ダイスマンが自分の靴に目をやった。肉汁が飛び散っている。

「舐めろよ」ダイスマンは言う。

オーディは力なくため息をついた。「あんたが何をしたいかわかるよ」

「なんだと？」

「あおって喧嘩に持ちこむか、屈服させようという魂胆《こんたん》だろう。でも、こっちは戦う気はないんだ。あんたの名前すら知らないんだから。はじめたからにはあとへ引けないんだろうが、引けばいいじゃないか。だめなやつだなんてだれも思わない。笑いもしないさ」

オーディは立ちあがった。まだトレーを持っている。

「だれか、この人が滑稽《こっけい》だと思うか？」大声で言う。

異様に熱のこもった問いかけで、まわりの者が真剣に受け止めているのがモスにはわかった。ダイスマンは居場所を失ったかのようにまわりを見やった。そして、頼みの綱《つな》とするいつものパンチを繰り出す。その瞬間、オーディは目にも留まらぬ速さでトレーをダイスマンの側頭部へ振りあてていた。むろんダイスマンは興奮し、雄《お》たけびとともに前進したが、オーディのほうが速かった。満身の力でトレーの角を喉へ打ちこんだので、ダイスマンは床に膝を突き、息も絶えだえにその場でうずくまった。看守たちが来て、ダイスマンを刑務所病院へ運んでいった。

オーディにはある種の自殺願望があるのかとモスは思ったが、そういうわけでもなかった。刑務所には、自分の頭のなかの世界しか信じない者たちがおおぜいいる。塀の外の人生を思い描けないから、自分だけの世界を作りあげる。塀のなかの人間にはなんの価値もない。だれかの靴に踏まれた砂粒、犬についた蚤《のみ》、太った男の尻にある吹き出物。刑務所で犯《おか》す最大の過ちは、自分をひとかどの人間だと思いこむことだ。

一日一日、朝はかならず訪れる。オーディは初日に十人余り、二日目にさらに十人余りを相手にしたにちがいない。監禁されてひどく殴られたので、物を嚙むことができず、両目が紫のプラムのように腫れていた。

四日目には、刑務所病院にいるダイスマンから、オーディ・パーマー死すべしという伝言が届いた。手下の者が準備を進めた。その日の夕方、モスはトレーを持って、オーディがひとりでいるテーブルへ歩み寄った。

「すわってもいいか」

「ここは自由の国だ」オーディがつぶやいた。

「そうでもないぜ」モスは言った。「おれぐらい長く獄中にいりゃわかる」

ふたりでだまって食べ、やがてモスは言うべきことを言った。「あいつらは朝になったらおまえを殺すつもりだぞ。グレイソンに頼んで懲罰房へ入れてもらったほうがいいんじゃないか」

空気中の何かを読みとるかのように、オーディはモスの頭上へ目をやって言った。「それはできない」

おめでたいのか向こう見ずなのか、ひょっとして死にたがっているのか、とモスは思った。これは消えた金をめぐる争いとはちがう。七百万ドルを使いきれる人間など刑務所にはいない。麻薬漬けになろうが、身の安全を図ろうが、そんな大金は不要だ。また、チョコレートバーや余分の石鹼《せっけん》など、ちょっとした心尽くしですむことでもない。刑務所では、しくじれば死ぬ。妙な目つきで人を見れば……死ぬ。食事のときにまちがったテーブルにつけば……死ぬ。廊下や運動場のまちがった場所を歩いても、食事中にうるさくしすぎても……死ぬ。些細《ささい》なこと。愚行。不運。それが死を招く。

生きていくための掟はあるが、それを同胞意識と誤解してはならない。監禁によって人は寄り集まるが、団結をもたらすわけではない。

翌朝の八時三十分、扉が開いて大廊下に人が満ちた。ダイスマンの一派が待ちかまえていた。仕事を与えられた新参の若者が袖《そで》にファイバーグラスのナイフを隠していた。ほかの者は見張りや凶器の始末係として待機中だ。まぬけな魚のはらわたを抜こうとしているわけだ。

モスは少しもかかわりたくなかったが、オーディには何か引きつけるものがあった。ほかの者なら、降伏するか媚《こ》びへつらうか、あるいは独房での監禁を願い出ただろう。シーツで輪を作って鉄格子にかける者もいる。オーディは史上最低の大ばか野郎か、そうでなければ最高の勇者だ。この世のだれも見たことのない何を見てきたというのか。

あふれ出た受刑者たちは、目の前のことをこなすふりをしながら待ち受けていた。オーディは現われない。あの世へ逃げたのか、とモスが思ったそのとき、オーディの房から、〈アイ・オブ・ザ・タイガー〉（映画〈ロッキー3〉の主題歌）の威勢のいい打楽器の音とベースギターの低音が鳴り響いた。

オーディが登場した。上半身裸でボクサーパンツを穿《は》き、長めの靴下と運動靴を靴墨《くつずみ》で黒く染めてあった。両のこぶしをトイレットペーパーの詰まった靴下に入れて巨大なボクシンググローブに見せかけ、爪先でステップを踏みつつシャドーボクシングをしている。殴られてふやけたかのような顔は、アポロ・クリードとの第十五ラウンドへ向かうロッキー・バルボアそのものだった。

ナイフを持った新参者は、笑うべきか泣くべきかわからずにいた。ばかげたグローブをつけたオーディが、体を上下左右に動かして軽やかにジャブを繰り出す。そのとき、不思議なことが起こった。笑い声。拍手。歌声。歌が終わると、一同は世界へビー級王者をたたえるかのように、オーディを頭上高く持ちあげた。

オーディ・パーマーを思うとき、モスがいちばん覚えているのはあの日のことだ。房から躍り出て亡霊たちにこぶしを振り、巧《たく》みに身をかわしたあの姿。それで何かがはじまったわけでも終わったわけでもないが、オーディは生き延びる術《すべ》を見つけた。

むろん金の行方を知りたがる輩《やから》はあとを絶たず、看守たちも例外ではなかった。看守は監視の対象と同じく、みすぼらしい公営住宅育ちだったので、賄賂《わいろ》を受けとって禁制品の持ちこみに応じることも少なからずあった。何人かの女性矯正官《きょうせいかん》は、自分の銀行口座に金を移してくれたら見返りに体を差し出すと持ちかけた。ハンバーガーを自分の体重ぶんぐらい食べそうな図体だったのが、数年後にはすばらしい体つきに変わりはじめたほどだ。

オーディはすべての申し出をことわった。襲撃事件や金のことを、十年間でただの一度も話さなかった。だれにも気を持たせず、どんな約束もしない。静かで落ち着いた空気を醸《かも》し、よけいな感傷も、無用な望みも忍耐も、いっさい人生から捨て去っているかに見えた。ヨーダと仏陀《ぶつだ》とローマの剣闘士をひとつにしたような男だった。

5

日差しがまぶたにあたり、オーディは虫を払うように手を振る。また光が感じられ、小さな笑い声が聞こえる。小さな鏡を手に持って、納屋のドアから差しこむ光を屈折させているのはビリーだ。

「見えてるぞ」オーディは言う。

ビリーがしゃがんでまた笑う。ぼろぼろの半ズボンと大きすぎるTシャツを身につけている。

「いま何時かな」オーディは尋ねる。

「朝ごはんのあとだよ」

「学校へ行かなくていいのか」

「土曜日だもん」

そうだったな。オーディは手と膝を突いて体を起こす。夜のうちに寝床から転がり落ちて床で体をまるめていたが、マットレスで寝るよりそのほうが身になじんでいる。

「ベッドから落っこちたの？」ビリーが訊く。

「そうらしい」

「ぼくも前は落っこちたけど、いまはないよ。もう大きいのにってママに言われるし」

オーディは日のあたる庭へ出て、ポンプの水で顔を洗う。ゆうべ着いたとき、あたりは暗かった。いまはペンキの剝《は》げた小さな家々が見える。まわりには錆びた車、予備の部品、水桶、風車があり、崩れかけた石塀沿いに薪《まき》が積まれている。黒人の少年がひとり、大きすぎる自転車にまたがってペダルを踏み、進むそばからニワトリが跳びのいていく。

「友達のクレイトンだよ」ビリーが言う。「黒人なんだ」

「見ればわかる」

「黒人の友達はあまりいないけど、クレイトンはいいやつだよ。体は小さいけど、自転車より速く走れるんだ。下り坂じゃ負けるけどね」

オーディはズボンが落ちないようにベルトを締める。ふと気づくと、隣家のポーチで、チェックのシャツと黒革のヴェストを着た細身の男がこちらを見ている。オーディは手を振る。男は振り返さない。

ロージーが姿を見せる。「朝ごはんの用意ができてる」

「アーニーはどこに？」

「仕事」

「早いんだな」

「終わるのは遅いのよ」

オーディはテーブルで食べはじめる。トルティーヤ。卵。豆。コーヒー。ガスレンジの上の棚には、小麦粉や乾燥豆や米のはいった広口瓶《ひろくちびん》が並んでいる。洗濯物を干《ほ》すロージーの姿が窓越しに見える。ここにいるわけにはいかない。この人たちに親切にしてもらったけれど、迷惑をかけるのはまずい。それに、生き延びるためには、計画に従ってなるべく長く正体を隠しておくしかない。

　ロージーがもどると、オーディは町まで車で送ってくれないかと頼む。

「お昼ごろなら乗せてあげてもいいけど」食べ終わった皿を流しですすぎながら、ロージーが言う。目にかかるほつれ毛を払う。「どこへ行くの？」

「ヒューストン」

「じゃあ、サン・アントニオにあるグレイハウンド・バスの発着所でおろしてあげる」

「まわり道をさせてしまうかな」

返事がない。オーディはポケットから金を出す。「いくらか宿代を払いたいんだけど」

「お金はしまって」

「きれいな金だよ」

「そうなの？」

サン・アントニオまでの三十八マイルを州間高速三七号線で北上する。ロージーが運転するのは小型の日本車だが、排気管が壊れているうえにエアコンがついていない。走行中はウィンドウをあけて、ラジオのボリュームをあげてある。

番組のはじめにニュースキャスターがヘッドラインを読みあげ、脱獄事件にふれる。オーディはつとめてさりげない調子で話しはじめる。ロージーがその話をさえぎって、ボリュームをあげる。

「これってあなた？」

「だれも傷つけるつもりはない」

「それはけっこうね」

「心配なら、いますぐおろしてもらってかまわない」

ロージーは何も言わない。運転をつづける。

「何をしたの？」

「現金輸送トラックを襲撃したことになってる」

「ほんとうは？」

「もうどうでもいいと思ってる」

ロージーはオーディをそっと見やる。「やったのか、やらなかったのか、どっちかよ」

「やってないのに責められることがある。やったのに罰を逃れることもある。結局のところ、五分《ぶ》五分かもしれない」

ロージーは車線を変えて出口を探す。「もう教会へ行ってないから、あまりえらそうなことは言えないけど、悪いことをしたなら逃げちゃだめ」

「逃げてはいない」オーディは言う。

そして、そのことばをロージーは信じる。

バスの発着所のあたりに車を停め、ロージーの視線はオーディを素通りして、遠い街へ向かうバスの車列へ向けられる。

「捕まったら、あたしたちが世話をしたことはだまっててね」ロージーは言う。

「捕まるものか」

6

特別捜査官デジレー・ファーネスが、仕切りのない広いオフィスを歩いて上司のもとへ向かう。コンピューターのディスプレイから目をあげる者は、デスクの上にデジレーの顔だけが見えるので、子供が親を訪ねて迷いこんだのか、ガールスカウトがクッキーを売りにきたのかと思うだろう。

デジレーは人生の大半を、背を伸ばすために費やしてきた。体が伸びないなら、精神的、社会的、職業的に伸びてもいい。母も父も背が低く、その遺伝子が集結して、ひとり娘は百人中最も背の低い人間となった。運転免許証には五フィート二インチとあるが、実を言うと、その高さに達するにはハイヒールが必要だった。大学時代、足を痛めながらも同じハイヒールをずっと履きとおしたのは、人からまともに扱ってもらい、バスケットボール選手とデートをしたかったからだ。長身の男に惹《ひ》かれるのも、これまた残酷《ざんこく》な運命のいたずらだった。あるいは、異なる傾向の遺伝子を採り入れてすらりとした容姿の子孫を残したいというひそかな願望があったのかもしれない。三十歳のいまでも、デジレーは相変わらずバーやレストランで身分証の呈示を求められた。たいがいの女なら悪い気はしないものだが、デジレーにとっては逃れられない屈辱だった。

娘が育っていく過程で、デジレーの両親は〝いいものは小さな包みで届く〟とか、〝人生では小さなものが大切にされる〟などと言ったものだ。その手の決まり文句は、たとえ善意から出たものであっても、いまだに子供服売り場で服を買う思春期の娘にとっては納得しがたいものだった。大学では犯罪学を専攻したが、ひどく情けない思いをさせられた。クアンティコのFBIアカデミーでも、腹の立つことばかりだった。しかしデジレーは小さな体をものともせずに戦い抜いて、最優秀の成績で卒業し、新人のなかでだれよりも適性があり、明敏で決意が固いことを証明した。悔《くや》しさが意欲のもとだった。低い背丈のおかげで、デジレーは高みにあがることができた。

エリック・ワーナーのドアをノックし、呼ばれるのを待つ。

年齢の割には頭に白いものが目立つワーナーは、デジレーが六年前に故郷のヒューストンに配属されたときからずっと支局長をつとめている。デジレーが会ったことのある有力者のなかでも、ワーナーは本物の権威とカリスマ性を身につけている。もともとが少しきびしい顔立ちであるため、笑うと皮肉のこもった悲しい顔か、ただの憂《うれ》い顔に見える。デジレーの背丈をからかいもしなければ、性別で扱いを変えることもしない。人がワーナーのことばに耳を傾けるのは、声を張りあげるからではなく、その小さな声に引きつけられるからだ。

「スリー・リバーズ連邦刑務所の脱獄囚ですが――オーディ・パーマーでした」デジレーが言う。

「だれだって？」

「ドレイファス郡の現金輸送トラック襲撃事件ですよ。二〇〇四年の」

「死刑になるはずだった男か」

「そうです」

「いつ出る予定だったんだ」

「きょうです」

ふたりの捜査官は顔を見合わせ、同じことを考える。どこのまぬけが出所予定日の前日に脱獄するというのか。

「パーマーはわたしの担当です」デジレーは言う。「法に則って本人がスリー・リバーズへ移送されて以来、その後の経過を見守ってきました」

「いったいどんな法だ」

「新任の連邦検事が最初の刑期を不服として、再審を請求しました」

「十年も経ったのに？」

「もっと奇妙なこともいくつかありました」

ワーナーはペンを煙草のようにくわえ、歯を立てて鳴らす。「金が見つかった気配は？」

「ありません」

「現地へ行ってくれ。刑務所長から話を聞くんだ」

一時間後、デジレーはサウスウェスト・フリーウェイを走行し、ウォートンを通っていく。農地はなだらかで緑に輝き、空は広大で青い。スペイン語のテープを聞きながらフレーズを繰り返す。

「水はどこで買えますか《ドンデ・プエド・コンプラル・アグア》」

「トイレはどこですか《ドンデ・エスタ・エル・バーニョ》」

心はオーディ・パーマーへとさまよう。デジレーはフランク・セノーグルスからパーマーの件を引き継いだ。セノーグルスもこの地域を担当する捜査官だったが、食物連鎖の上層へ参入したので、デジレーに残り物を投げていた。

「井戸掘り職人のけつの穴より冷やか《コールド》な事件だぞ」デジレーの顔ではなく胸を見ながら、セノーグルスは事件の記録を手渡した。

未解決事件《コールド・ケース》は、新米と組んだ忙しい捜査官たちのあいだで分担したあげく、古く冷たいファイルと化していくのがふつうだ。デジレーは新たな情報を求めて定期的にチェックしたが、事件から十年経ったいまも、盗まれた金はもどらなかった。印がなく足のつかない使用ずみの紙幣《しへい》七百万ドルがすっかり消えてしまった。流通からはずれて廃棄される紙幣だったので、通し番号などわかるはずもない。古くて汚れて破れていても、まだ法定通貨にはちがいなかった。

オーディ・パーマーは襲撃時に頭に銃弾を受けながらも生き延び、四人組の犯人のひとりが――おそらくパーマーの兄カールが――現金を持って逃げた。十年にわたって、カールをめぐる誤認情報や曖昧な目撃談が寄せられた。二〇〇七年、メキシコの警察がティエラ・コロラダで逮捕したらしいが、FBIが送還令状をとる前に釈放してしまったという。その一年後、休暇でフィリピンへ出かけたアメリカ人旅行者の話によると、マニラの北のサンタマリアでバーを営んでいたらしい。アルゼンチンとパナマでも何度か目撃されたが、ほとんどが匿名《とくめい》情報で役に立たなかった。

デジレーはスペイン語のレッスンをやめ、過ぎ去っていく耕作地へ目をやる。どんな愚か者が釈放一日前に脱獄するっていうの？　組織化された〝かわいがり〟を免《まぬが》れるために逃げた可能性もすでに考えた。しかし、あと一日ぐらい辛抱できたはずだ。テキサス州の再犯防止規定に基づいて、パーマーはあと二十五年服役することになる。

デジレーはかつて一度、スリー・リバーズ連邦刑務所へ行って本人と面会し、強奪金についで尋ねたことがあった。二年前の当時、オーディはけっして愚か者には見えなかった。

ＩＱ百三十六の知能を持ち、大学を中退するまでエンジニアリングを学んでいた男だ。むろん頭に銃弾を受けて人が変わった可能性もあるが、礼儀正しく知性的で、恥じ入っているような印象を醸していた。ていねいな受け答えをし、デジレーの身長を話題にせず、不正直を責められてもいやな顔をしなかった。

「あの日のことはよく覚えていないんです」オーディが言った。「だれかに頭を撃たれました」

「じゃあ、何を覚えてるの？」

「頭を撃たれたことです」

デジレーはあらためて訊いた。「あの仲間とはどこで知り合ったの？」

「ヒューストンです」

「どうやって？」

「遠い親類を通して」

「その親類には名前があるのかしら」

「と、とても遠い親類です」

「あなたを雇ったのはだれ？」

「ヴァーノン・ケインです」

「連絡方法は？」

「電話です」

「あなたの役目は？」

「運転です」

「お兄さんは何を？」

「兄はあの場にいませんでした」

「じゃあ、四人目の仲間はだれ？」

オーディは肩をすくめた。強奪金のことにふれても同じ調子で、何を尋ねられてもかまわないと言わんばかりに両腕をひろげた。

さらに一時間に及ぶやりとりがつづき、質問は堂々めぐりを繰り返してハードルを越えたり輪をくぐったりし、襲撃事件の細部はもつれてますますわけがわからなくなった。

「つまり、まとめて言うと」苛立《いらだ》ちを隠さずにデジレーは言った。「あなたは襲撃の一時間前にほかのメンバーたちに会ったにすぎない。のちのちまでメンバーの名前も知らず、全員がマスクをかぶっていた」

オーディはうなずいた。

「奪った金はどうなるはずだったの？」

「あとで集まって分配する予定でした」

「どこで？」

「教えてもらえませんでした」

デジレーはため息をつき、別の手を試みた。「ここでやっていくのは大変でしょう、オーディ。看守も受刑者もそろってちょっかいを出してくるんだもの。すなおにお金を返したほうが簡単じゃない？」

「できないんです」

「ここで腐っていくあいだに、外の連中が全部使いこむとは思わない？」

「自分の金じゃありませんから」

「だまされたと思わなくちゃ。怒りなさいよ」

「どうしてですか」

「逃げたやつらを恨《うら》まないの？」

「恨むのは、毒を飲んで他人の死を待つようなものです」

「気のきいた警句のつもりでしょうけど、わたしには戯言《たわごと》に聞こえる」デジレーは言った。

オーディはゆがんだ笑みを浮かべた。「恋をしたことがありますか、特別捜査官」

「ここに来たのはそんなことを話すためじゃ……」

「すみません。困らせるつもりはありませんでした」

あのときを思い返し、デジレーの胸に同じ感情がよみがえる。顔に血がのぼる。あれほど動じず、運命を受け入れている男に、ましてやそういう受刑者に、これまで会った記憶がない。人生の階段が他人よりきつくても、すべての扉が閉ざされていても、オーディ・パーマーは気にしなかった。嘘つき呼ばわりされても腹を立てなかった。それどころか、詫《わ》びさえした。

「すみませんと言うのをやめてくれない?」

「わかりました。すみません」

スリー・リバーズ連邦刑務所に着いたデジレーは、車を訪問者用エリアに停める。フロントガラスの向こうへ目をやり、芝生の一帯から金属片の載った二重の鉄条網へと視線を移す。彼方に見えるのは、看守たちのいる監視塔と刑務所の本棟だ。ブーツのジッパーをあげて車からおり、ジャケットの皺を直しながら、受付の面倒な手続きに向けて心の準備をする。用紙の記入、武器と手錠の引き渡し、手荷物の検査。

何人かの女が面会時間が来るのを待っている。手が後ろにまわるようなだめ男、だめな犯罪者と連れ添う羽目に陥った女たちだ。負け犬、失敗者、詐欺師、鈍才。できる犯罪者も、できる男も、見つけるのは容易ではないとデジレーは思う。これぞと思う相手はたいていゲイか既婚者か架空の人物(犯罪者とはかぎらない)だという結論に達していた。二十分後、刑務所長の部屋に案内される。着席はせず、腰かけた所長がしだいに不安を募らせる様子を、部屋を歩きながら観察する。

「オーディ・パーマーはどうやって脱獄したんですか」

「所内の洗濯場から盗んだシーツと、洗濯機のドラム部分から作った間に合わせの引っかけフックを使って、外の囲いをよじのぼりました。パーマーが忘れ物をしたと言うので、若手の刑務官が規定時間外に洗濯場へ入れてやったんです。もどってこないのに刑務官は気づきませんでした。二三〇〇時に塔の看守が交替するまで、おそらく洗濯場にひそんでいたのでしょう」

「警報装置は？」

「十一時少し前にひとつが作動したのですが、電気回路の故障があったらしくて。システムの再起動に約二分要しました。その隙に囲いを越えたにちがいありません。犬に追わせてチョーク・キャニオン貯水湖までたどりましたが、臭跡でわれわれを撒《ま》いたと思われます。これまでに貯水湖を渡って逃げ延びた者はいません。おそらく囲いの外にだれか待機させていたのでしょう」

「現金の所持は？」

所長は椅子にすわったまま、居心地が悪そうに身じろぎをする。「パーマーは受刑者用の信託口座から一回の限度額百六十ドルを隔週でおろしていたことがわかりましたが、売店ではほとんど何も購入していません。千二百ドル程度は所持していると思われます」

脱獄から十六時間経過している。目撃情報はない。

「きのう、駐車場に見慣れない車が停まっていたりしましたか」

「警察が監視カメラの映像をチェックしています」

「過去十年間にパーマーに面会にきた全員のリストが必要です。それと、パーマーが手紙やEメールでやりとりしたすべての通信内容も。パーマーはコンピューターを使うことがありましたか」

「刑務所の図書室で作業をしていました」

「インターネットはつながりますか」

「監視されています」

「だれに？」

「司書がいます」

「話を聞かせてください。パーマー担当のケースワーカーとここの精神科医、それにパーマーの身近にいた職員全員からも聞きこみをします。ほかの受刑者はどうでしょう。特に親しかった者は？」

「すでにひととおりの事情聴取を受けました」

「わたしによる聴取はまだです」

所長は受話器をとって副所長を呼び出し、鉛筆を噛みしめるような調子で語りかける。会話の内容は聞きとれないが、口調ははっきりしている。デジレーは園遊会のスカンク並みに歓迎されているらしい。

スパークス所長はデジレー・ファーネス特別捜査官を図書室に案内したあと、電話をかけると言って立ち去る。口のなかに不快な味があり、それを一杯のバーボンで洗い流したい。もっと調子がいい日には度を越して飲み、偏頭痛を口実にブラインドをおろして面会をことわることになる。

ファイル棚の抽斗《ひきだし》からボトルを取り出し、コーヒーマグにワンショット注ぐ。スリー・リバーズの所長になって二年。ここより小規模で警備レベルの低い施設から栄転できたのは、予算内で施設を切りまわし、報告が必要なほどの問題をほとんど起こさなかったからだ。それがスパークスの手腕に対する誤解を生んだ。その手の施設では、受刑者は管理されても監禁されることはない。

スパークス所長は、犯罪行為や再犯の主たる原因が養育環境か本人の気質かという問題で頭を悩ませたことはなく、犯罪が起こるのは社会のせいであり、刑務所の制度に落ち度はないと固く信じている。しかし、法にそむいた者を家畜同然に扱ってそれ相応の鬼畜《きちく》に変えるテキサスでは、その思いはなかなか通じない。

オーディ・パーマーの服役記録が机上に開いてある。薬物やアルコールの濫用歴なし。懲罰なし。特権の停止なし。最初の年は十回余り、他の受刑者との口論のあとに治療を受けた。刺傷（二回）。切り傷。殴打。首絞め。服毒。その後は勢いが衰えたとはいえ、頻《ひん》繁《ぱん》に命を狙われることに変わりはなかった。ひと月前には、ある受刑者がライターの燃料を鉄格子の外から噴霧し、房内のパーマーに火をつけようとした。

たびたびの襲撃にもかかわらず、パーマーは一般囚からの隔離を一度も要請しなかった。特別待遇を求めたり、恩恵を請うたり、状況に応じてルールを曲げたりということはなかった。たいていの服役記録と同様、本人の経歴らしいものはあまり載っていなかった。パーマーは肥《こえ》だめで育ったのかもしれない。父親がアルコール依存症か、母親が麻薬漬けの売春婦か、あるいは貧しい家に生まれるほどの幸運さえなかったのかもしれない。説明がつかず、新たな発見もなく、警戒のしようもないが、今回の件でスパークスは手の届かないむずがゆさを覚えている。けさ、訪問者用の駐車場で目にした見慣れない二台の車のせいかもしれない。一台は濃紺のキャデラック、もう一台は動物よけのバンパーとヘッドライトがついた小型トラックだ。キャデラックにいた男は訪問者用ゲートまでは来ず、たまに車外に出て伸びをしていた。長身瘦軀《そうく》で無帽、体にぴったりと合う黒のスーツと重たげなブーツといういでたちで、顔には奇妙なほど血の気がなかった。

二台目のドライバーは午前六時には着いていたが、何時間も経ってようやく受付に現われた。腹まわりに贅肉があるが、たくましい体つきの男だ。突き出た耳の上部で頭髪を刈りそろえ、アイロンの折り目のついた保安官の制服を着ていた。

「ドレイファス郡のライアン・バルデス保安官です」差し出した手は冷たく乾いていた。

「遠方からいらっしゃったんですね、保安官」

「ああ、たしかに。そちらは忙しい朝だったらしい」

「まだ朝ですよ。どういったご用件でしょうか」

「オーディ・パーマーの捜索を手伝うために来ました」

「ありがたいお申し出ですが、FBIと地元警察がすべて取り仕切っていますので」

「FBIに何がわかる！」

「なんですって？」

「あなたがたが相手にしているのは冷血な殺人鬼で、警備レベルが中程度の施設に入れておくべきではなかったんです。電気椅子送りになって当然だった」

「わたしが判決をくだすわけではありませんよ、保安官。わたしは受刑者を留め置くだけです」

「それがうまくいっていると？」

頬から血が引くのがスパークスにはわかった。拍動する赤い熱気の塊が目の前を漂う。十秒。二十秒。三十秒。こめかみの血管が脈打っているのに気づく。ようやく口を開いた。

「わたしの監視下で受刑者が逃げた。わたしの責任ですよ。謙虚さを学ぶよい機会です。あなたもいつか体験してみるといい」

バルデスは両手をひろげて詫びた。「出だしから不愉快な思いをさせて申しわけない。オーディ・パーマーはドレイファス郡保安官事務所にとって特別な興味の対象でしてね。われわれがあの男を逮捕して裁きを受けさせました」

「それはわかりますが、もうあなたがたの管轄《かんかつ》ではない」

「やつはドレイファス郡へ舞いもどり、昔の犯罪者仲間と手を組もうとするはずだ」

「何か確証でも？」

「それについて情報を漏らすわけにはいきませんが、オーディ・パーマーがとてつもなく危険な男で、ずいぶんな人脈を持っていることはたしかです。やつには州の金七百万ドルを返す義務がある」

「連邦政府の金でしたが」

「揚げ足とりをなさっているらしい」

スパークス所長は年下の男を注意深く観察し、睡眠不足らしい様子と頬に点々と散る吹き出物の跡に気づいた。

「ここに来たほんとうの目的はなんですか、保安官」

「説明したでしょう」

「われわれがオーディ・パーマーの脱獄を公表したのはけさの七時です。少なくともその一時間前、あなたは刑務所の外にもう車を停めていた。つまり、あなたはパーマーが脱獄するのを知っていたか、それともほかの理由でここに来たか、そのどちらかです」

バルデスは立ちあがり、ベルトに両手の親指を差し入れた。「所長、わたしに何か不満でも？」

「尻から頭を引っこ抜いたほうが感じがよくなりますよ」

「あの襲撃事件で四人死んだ。パーマーはその四名の死に責任がある。本人が引き金を引いたかどうかはどうでもいい」

「それはあなたの意見だ」

「ちがう、事実だ。わたしはあの日あの場所にいた。ずたずたになった死体と血の海をまたいで歩いた。女が車のなかで生きながら焼かれるのを見た。あの叫び声がいまだに耳に……」

仲間意識を装う態度は、釣り針を吐き出した魚のように消えていた。保安官は歯を見せずに笑みを漂わせた。「ここに来たのは、パーマーを知っているので役に立てると思ったからだ。しかし、あなたは興味がないらしい」

バルデスは帽子をかぶって鍔を直し、何やらつぶやきながら、取っ手を引かずにドアを押しあけて立ち去った。スパークスが部屋の窓からのぞくと、バルデスが正面ゲートから現われて駐車場を突っ切り、トラックへ向かうのが見えた。郡保安官が二百マイルの道のりを運転してきて、刑務所長の仕事に口を出す理由はなんだろうか。

7

モスは体の痣《あざ》よりも自我そのものをいたわりながら、懲罰房で眠れぬ一夜を過ごした。殴った看守たちに腹を立てているのではない。かっとなったことで、あの連中に口実を与えてしまった。精神科医がよく使う言い方だと、〝人にそう仕向けた〟わけだ。怒りのコントロールはつねにモスの課題だった。追いつめられたり苛立ったりするときはいつも、頭のなかに閉じこめられた小鳥が羽ばたいて出たがっているような感覚をモスは味わう。あの小鳥を握りつぶしたい。音を止めたい。

度を失う瞬間は陶酔の心地に近い。憎しみ、不安、怒り、自尊心、そして成功と失敗がすべてひとつになり、自分の人生に何か意味があるように感じられる。暗黒と無知の世界から解放される。生きていると実感する。中毒になる。制御できない。だが、この力がどれほどの災《わざわ》いをもたらしうるか、いまのモスにはわかる。だからこそ自分の短気を抑え、過去を乗り越えて別の人間になろうとつとめてきた。

銀の結婚指輪がはまっているはずの指をなでながら、クリスタルのことを思い、つぎの面会でなんと言われるかと考える。結婚して二十年になるが（そのうち十五年は刑務所暮らしだが）、星々に綴られた運命の絆《きずな》があり……そうでない絆もある。サン・アントニオのロデオ大会でふたりが出会ったとき、クリスタルは十七歳だった。ペパロニソーセージ入りのピザみたいな顔をした出っ歯の若者といっしょにいたが、もっと面白味のある相手を探しているように見えた。もっとも、モスほどの面白味はなくてもよかったのかもしれない。

クリスタルの母親はモスのような男には気をつけろといつも忠告したものだが、それがかえって娘の興味を搔《か》き立てる結果となった。クリスタルが処女であることをモスは知った。彼女は一度か二度、男にベッドへ押し倒されてひととおりの手ほどきを受けようかと考えたらしいが、情欲が大罪であり、十代の妊娠は人生を狂わせるという母親のことばが耳から離れなかったという。

モスはロデオ大会へ出かけ、警備体制や入口の料金所の様子を偵察したが、おおぜいの州警官がいたので実入りのいい仕事をあきらめた。そこで、コーンドッグを買って射的場で一ダースのアヒルの的を撃ち落とし、景品のピンクパンサーをせしめた。やがて、ロデオパレードをながめているクリスタルに目が留まった。知り合いの女の子たちのほうが断然美人だったが、クリスタルはモスの血をたぎらせる何かを具《そな》えていた。

例のボーイフレンドがクリスタルのためにソフトドリンクを買いにいった。クリスタルはモスといっしょにその場を抜け出すと、モスのおだてことばに声をあげて笑い、音楽に耳を傾けた。モスはいいところを見せたかった。射的とココナッツ落としで腕を振るい、ダフィー・ダックとヘリウムガスの風船ふたつと棒つき人形をプレゼントした。いっしょにすわってロデオを見物した。雄牛や馬にまたがったカウボーイを見てクリスタルがどうなるかは目に見えている。モスに言わせれば、男のストリップショーは別にして、女が孕むのはほかのどんな見世物よりもロデオのせいだ。クリスタルは興奮して舞いあがっているから、落とせるのは確実だった。思いどおりにできる。部屋に連れこむか、車で事に及ぶか。お化け屋敷の裏で、立ったまま終えてもかまわない。

ところが、モスはまちがっていた。クリスタルはモスの頬にキスをし、最高の口説《くど》き文句を受け流して電話番号を教えた。

「あしたの夜七時に電話して。一分早くても一分遅くてもだめよ」

それからクリスタルはメトロノームのように腰を振りながら歩き去り、モスは自分が安っぽいウクレレ並みにもてあそばれたことを悟《さと》ったが、それでもかまわないと思った。賢くて、セクシーで、潑剌《はつらつ》とした女。男がそれ以上の何を望むというのか。

看守が扉を叩く。モスは立ちあがり、体を壁に向ける。また手足を拘束《こうそく》され、シャワー室へ連れていかれたあと、接見室へ向かう。一般面会者用の区域ではなく、ふだん弁護士が依頼人と会うときに使う小部屋だ。

刑務所所属の精神科医ミス・ヘラーが部屋の外で待っている。この刑務所で体重が二百ポンド以下であるただひとりの女性なので、受刑者からはダイエット法の創始者の名にちなんでミス・プリティキンと呼ばれている。モスは腰をおろし、ミス・ヘラーが何か言うのを待つ。

「おれからはじめますか」モスは訊く。

「あなたはわたしに会いにきたんじゃないのよ」ミス・ヘラーが答える。

「そうなんですか」

「FBIがわたしたちと話したいんですって」

「何のことで?」

「オーディ・パーマーよ」

ミス・ヘラーを見るたびに、モスはある言語療法士を思い出す。ハイスクールにはいりたてのころ、〝r〟や〝th〟の発音ができないモスはその女性から発声レッスンを受けた。その二十代の言語療法士はモスの口に自分の指を入れ、いくつかの単語を発音するときの舌の位置を教えた。ある日モスは勃起《ぼっき》したが、彼女は腹を立てなかった。はにかんだ笑みを浮かべ、ペーパータオルで指を拭いた。

ドアがあき、ケースワーカーがミス・ヘラーに軽くうなずいて、いっしょに立ち去る。

だ。モスは両脚をひろげて目を閉じ、頭を壁にもたせかけて待つ。受刑者は時間つぶしの達人だ。犬が歳をとるスピードで時間を早送りすることができる。同じ雑誌や本を飽きずに読み返し、同じ映画を観、同じ会話をして同じジョークを飛ばしながら、歳月をやり過ごす。

モスはオーディに思いをはせ、自由を満喫する姿を心に描いてみる。ハリウッドの新進女優と寝たり、ヨットの船尾から空《から》のシャンパンボトルをほうり投げたり。ありえまいとわかっていても、口もとがゆるむ。

あの〝タイトル戦〟を乗りきったあと、オーディは食事のときにモスと同席するようになった。ふたりは食べ終わるまでめったに口をきかず、あとで話すときでも、長々とした人生談義ではなく、軽い雑談や意見交換をするだけだった。若くて無垢《むく》であるせいで、そして金が人の心をとらえるせいで、オーディは相変わらず標的にされていた。またたれかに襲われるのは時間の問題だった。

あるとき、獰猛《どうもう》そうなひげ面ゆえに〝貂熊《ウルヴァリン》〟と自称するロイ・フィンスターという受刑者が、シャワー室の外でオーディに襲いかかり、パンチを浴びせはじめた。モスはロイの背に飛びついて、去勢牛を投げ縄で捕まえるかのように床に引き倒し、膝で首根っこを押さえた。

「金が要るんだ」目をぬぐいながらロイが言った。「なんとかしないとリジーが家を失くしちまう」

「そのこととオーディとなんの関係があるんだ」モスは言った。

ロイはシャツのポケットから手紙を出した。モスはそれをオーディに渡した。リジーの手紙には、銀行がサン・アントニオにある自宅の担保権を行使することになったので、自分と子供たちはフリーポートの実家に身を寄せるとあった。

「フリーポートへ越したらもう会えないだろうな」ロイは鼻をすすった。「おれのことをもう愛してないんだとさ」

「あんたはまだ愛してるのか」まだ荒い息をつきながらオーディが尋ねた。

「えっ？」

「リジーをまだ愛してるのか」

「ああ」

「本人にそれを伝えたことは？」

ロイは憤然と言った。「おれがそんなに女々《めめ》しいってのか」

「自分の気持ちを伝えれば、リジーはもっと踏ん張るかもしれない」

「どんなふうにやるんだ」

「手紙を書けばいい」

「ことばに出すのはどうも苦手だ」

「よかったら手伝うよ」

そこで、ロイに代わってオーディが書いたのだが、この手紙が格別だったにちがいない。というのも、リジーは子供たちをフリーポートへ連れていかずにその家になんとか住みつづけ、親子そろって二週間に一度ロイに会いにくるようになったからだった。

ドアが開き、看守がモスの椅子の背を蹴って、起きろと告げる。ゆっくり立ちあがったモスは、鈍い足どりで部屋へはいり、肩をすぼめて体を小さく見せる。謙虚に見えるように。中で待っていたのは十代の少女だ。いや、少女ではなく、大人の女だ。髪が短く、耳にスタッドピアスをつけている。女は手早くバッジを見せる。

「特別捜査官のデジレー・ファーネスです。モスかジェレマイア、どっちの名で呼べばいいかしら」

モスは答えない。女の体つきに驚かずにいられない。

「どうかした?」女が尋ねる。

「だれかに乾燥機へほうりこまれたのかい。五サイズは縮んだはずだ」

「いえ、これがわたしの標準サイズよ」

「でも、ずいぶん、おちびちゃんだ」

「背が低いと何がいちばん困るかわかる?」

モスはかぶりを振る。

「一日じゅう、人のけつの穴を見なくちゃいけないことよ」

モスはまばたきをして女を見る。そしてにやりと笑う。腰をおろす。「うまいことを言う」

「ほかにもいっぱい言えるけど」

「へえ」

「『チョコレート工場の秘密』のウィリー・ウォンカが電話してきて、帰ってこいって言うの。〝鐘を鳴らせ！　悪い魔女は死んだ〟（ミュージカル映画〈オズの魔法使〉で小人たちが歌う歌）って、聞いたことない？　きみ、〈ロード・オブ・ザ・リング〉に出てなかったっけ？　中国人だったら、おちびのタイ・ニーちゃんと呼ばれる……」モスは椅子を揺らしながら笑う。手錠が音を立てる。「……わたしはすごく背が低いから、子供用プールで立ち泳ぎをする。二段ベッドの下の段にあがるのに梯子《はしご》が要る。くしゃみをすると地面に頭をぶつける。便座に乗っかるのに助走をする。でも、ちんちくりんのトム・クルーズとは親戚じゃない」そこでやめる。「これぐらいでいい？」

モスは涙を拭く。「悪気はなかったんだよ」

デジレーは詫びのことばを無視してフォルダーに目をもどす。

「その顔はどうしたの？」

「車の事故でね」

「面白い人ね」

「こんな場所だから、ユーモアのセンスをなくさないほうがいい」

「あなたはオーディ・パーマーと親しかった」

モスは無言だ。

「なぜ？」

「なぜって？」

「なぜあなたたちは親しかったの？」

興味深い問いであり、モスがいままで本気で考えたことがない問題だ。人はなぜだれかと親しくなるのか。共通の趣味。似た経歴。相性。自分とオーディの場合、どれもあてはまらない。服役中ということ以外に共通点はなかった。特別捜査官は返事を待っている。

「あいつは落ちなかった」

「どういうこと？」

「こういう場所で腐っていくやつもいる。歳を食って根性が曲がり、悪いのは世の中で、こうなったのは子供のころさんざんな目に遭ったからとか、環境に恵まれなかったからとか、そんなふうに自分を納得させる。神を罵《ののし》ったり追い求めたりして時間を過ごすやつもいる。絵を描いたり詩を作ったり古典文学を研究したりってやつもいる。ほかには、バーベルを持ちあげたり、ハンドボールをしたり、自分が人生を投げ出す前に愛してくれた女に手紙を書いたり。オーディはそんなことをひとつもしなかった」

「じゃあ何をしたの？」

「耐えつづけた」

デジレーはまだ納得しない。

「神を信じるかい、特別捜査官」

「わたしはクリスチャンとして育ったのよ」

「神はひとりひとりの人間にたいそうな計画を立ててると思うかい」

「それはわからない」

「おれのおやじは神を信じなかったが、天使が六人いるとは言ってたよ——苦難、絶望、失意、悲嘆、残酷、死、そういう天使たちだ。〝いずれそのうち、人はこの六人と残らず出会うんだ〟とおやじは言った。〝だが、できればふたりいっしょに会うのは勘弁だな〟ってね。オーディ・パーマーはその天使にふたりまとめて会った。三人かもしれない。それも毎日だ」

「運が悪かったんだと思う？」

「ひどい目に遭わない日があること自体が幸運だったさ」

モスはうつむいて、指で頭をなでる。

「オーディ・パーマーには信仰があったのかしら」デジレーが尋ねる。

「祈ってるのを聞いたことはないが、刑務所の説教師と小むずかしい議論をしてたな」

「どんな内容？」

「オーディは自分がふつうとちがう人間だとも、何か宿命を背負ってるとも考えてなかった。キリスト教徒が道徳を独り占めしてるともな。ご立派なことを口にしたって、することはキリストよりジョン・ウェインだって、よく言ってたよ。意味がわかるか？」

「たぶんね」

「聖書を盾に二千年も屁理屈をこねてると、爆弾を落として人を殺しまくって、それを正しいと言い張るようになる。隣人を愛し、打たれたら別の頬を向けろと書いてあるのに」

「モス、彼はなぜ脱獄したの？」

「実はおれにもわからなくてな」

モスは両手を顔にやり、痣と腫れをなでる。「こういう場所を動かすのは禁制品と噂だ。オーディ・パーマーについては、だれに訊いてもちがう話が返ってくるだろう。十四発撃たれても死ななかったとか」

「十四発？」

「おれはそう聞いた。頭の傷跡を見たことがある。ハンプティ・ダンプティをもとどおりにするぐらい大変だったろうな」

「強奪金についてはどう？」

モスは苦笑する。「所内の連中に言わせると、オーディは判事を買収して電気椅子から逃れたことになってる。こんどは看守を買収して脱獄したって噂が流れるだろう。訊いてまわるといい——みんないろんな説を披露《ひろう》するさ。金はとっくになくなったってやつもいるし、オーディ・パーマーはカリブ海に島を持ってるってやつもいる。ほかには、東テキサス油田のどこかに金を埋めたとか、兄貴のカールが映画女優と結婚してカリフォルニアで豪勢に暮らしてるとか。こういう場所は作り話だらけで、足のつかない大金ほど血を沸《わ》き立たせるものはないんだ」身を乗り出す。足首の鎖が椅子の金属の脚にあたって音を立てる。「おれの考えを聞きたいか」

デジレーがうなずく。

「オーディ・パーマーは金のことなんか気にしちゃいない。ここにぶちこまれてることも気にならないようだった。ほかのやつらは月日が流れるのをじりじりして待つが、あいつは海を見たりキャンプファイアーから立ちのぼる火花をながめたりするように遠くを見やってた。監房が壁に囲まれてないみたいにな」そこでモスはためらう。「あの夢は別だが……」

「どんな夢？」

「寝台に横になったとき、おれはよく聞き耳を立ててたんだ。あいつが寝ぼけて、ある晩いきなり金の隠し場所を口走らないともかぎらないからな。でも、そんなことは一度もなかった。そのかわり、むせび泣きが聞こえることがあった。トウモロコシ畑で迷子になった子供がママを呼んで泣いてるみたいな声だった。大のおとながなんで泣くのかと思ったよ。訊いてみたけど、あいつは話さなかった。泣いたことを恥じてたわけじゃない。泣いて弱さをさらすのは平気だった」

特別捜査官はノートに目をやる。「あなたたちふたりは図書室の仕事を受け持ってたのね。オーディはそこで何をしたの？」

「勉強。読書。書棚の整理。いろいろ学んでたよ。手紙を書いた。ほかの受刑者が減刑なんかを訴える手伝いをしてやったが、自分のためには何もしなかった」

「どうして？」

「おれも尋ねたよ」

「答は？」

「自分は罪を犯したんだと」

「オーディがまもなく釈放される予定だったのは知ってる？」

「聞いたよ」

「なのに、なぜ脱獄したのかしら」

「おれも同じことを考えてた」

「それで？」

「質問がまちがってるな」

「じゃあ、どう訊けばいいの？」

「ここにいるたいがいの連中は自分が強いと思いこんでるが、そうじゃないことも毎日思い知らされてる。オーディは十年間耐え抜いた。週に一度は看守が房へ来て、赤毛の継子《ままこ》いじめみたいに殴ってあんたと同じようなことをあれこれ尋ねた。そのうえ、昼間はメキシコのマフィアだの、テキサス・シンジケートだの、アーリアン・ブラザーフッドだの、その他もろもろのちんけな与太者《よたもの》までが喧嘩を売ってきた。

欲や権力と関係のない、特殊な思いをかかえたやつらもここにはいる。たぶん、オーディにはそういう連中がぶち壊したくなるものが具わってるんだろう——悠然《ゆうぜん》たる態度とか、心の平安とか。そういう屑《くず》どもは人を傷つけるだけでなく、むさぼりつくさないと気がすまない。相手の胸を切り開いて心臓を食らい、顔から血がしたたって歯が赤く染まるまでな。

事情はどうあれ、オーディは入所初日から殺しの請け負いの対象で、一か月前にはそれがいっそう過激になった。刺され、首を絞められ、殴られ、ガラスで切りつけられ、火傷《やけど》を負わされた。それなのに、あいつは憎しみも後悔も弱気も見せなかった」

モスは目をあげ、デジレーと目を合わせる。

「あんたはあの男がなぜ逃げたのか知りたいと言うが、そいつは質問がまちがってる。なぜもっと早く逃げなかったのかと訊くべきなんだよ」

8

オーディは最初に来たバスに乗るのをやめる。代わりにサン・アントニオの街路をぶらついて、周囲のとりとめのない動きや音に慣れていく。高層ビルは記憶にあるより高い。スカートは短い。人々は太っている。電話は小さい。街に輝きがない。目を合わせる者はいない。人々は強引に進み、どこかへと急ぐ。ベビーカーを押す母親、ビジネスマン、オフィスワーカー、買い物客、配送業者、学童、宅配ドライバー、店員、秘書。だれもがどこかへたどり着こうとしているか、あるいはどこかから逃げているらしい。

オフィスビルのてっぺんにある広告板にオーディは気づく。ふたつの画像が並んでいる。ひとつは眼鏡をかけて髪をひっつめたビジネススーツ姿の女のもので、ノートパソコンに向かっている。もうひとつはその女がビキニ姿で白い砂浜にいて、背景に瞳《ひとみ》の色と同じ海がひろがっている。その下にことばが見える――〝アンティグア島でわれを忘れよう〟。

その島の景色は目に心地よい。自分がビーチでゆっくり日焼けしていく姿を思い浮かべる。日焼けオイルを女の肩にすりこんでやると、オイルが背中を伝って隙間やくぼみへ落ちていく。どれくらい経つだろうか。女なしで十一年。ひとりの女もなしで。

こんどこそバスに乗ろうとするが、そのたびに何かに気をとられ、さらに一時間が過ぎる。帽子とサングラスを買い、いっしょに着替えの服、ランニングシューズ、安物の腕時計、ショートパンツ、バリカンも買いそろえる。携帯電話ショップの店員は、ガラスとプラスチックでできたなめらかな鏡のような四角い板を売ろうとして、アプリやデータバンドルや4Gの説明をする。

「通話さえできればいいんだ」オーディは言う。

携帯電話とともにプリペイドのSIMカードを四つ買い、手に入れた品を小さなリュックサックのポケットにしまう。そのあとで、グレイハウンド・バスの発着所の向かいにあるバーに席をとり、行き交う人々をながめる。軍服にナップザック姿の兵士たちがいる。テキサスのこの地域にいくつかある基地へ行くか、そこから来たところだろう。何人かは近くのモーテルを仕事場にする路上の女たちに話しかけている。

携帯電話を試しに操作しながら、母に電話をしようかと考える。もう知っているはずだ。警察が訪ねたにちがいない。電話機に盗聴器を仕掛けたか、家を見張っているか。父が死んだあと、母はヒューストンに住む自分の妹アヴァのもとに身を寄せた。その街で育ち、逃げ出したくてたまらなかったのだが、結局振り出しにもどったわけだ。

オーディの心はさまよう。六歳のとき、ウルフの酒店の窓に体を押しこんで煙草とガムを盗んだことを思い出す。兄のカールが窓までかかえあげ、跳びおりるときに受け止めてくれた。そのころカールは十四歳で、ときどき粗暴なふるまいをしておおぜいの子供たちから恐れられていたが、これほどかっこいい兄はいないとオーディは思っていた。カールは人生で数回しかお目にかかれないたぐいまれな笑顔の持ち主だった。笑顔を見せるのはほんの一瞬で、そのときは人を安心させて好ましい印象を与えたが、笑みが消えるなり別人になった。

カールがはじめて服役したとき、オーディは毎週手紙を書き送った。返事はあまり来なかったが、兄がまめに読んだり書いたりしないのは知っていた。のちに周囲からカールについていろいろ聞かされたが、オーディは信じまいとした。州祭に連れていってくれたり漫画本を買ってくれたりする憧れの兄を記憶にとどめたかった。

ふたりはトリニティ川へよく釣りに出かけたが、PCBなどの有害物質のせいで、釣った魚はどれも食べられなかった。針にかかるのはたいていショッピングカートや捨てられたタイヤで、そんなとき、カールはマリファナを一服やりながら、濁《にご》った深みに沈んだ死体の話をした。

「コンクリートを重りにするんだ」カールは事もなげに言った。「泥にはまって、まだあそこに沈んでるのさ」

クライド・バローとボニー・パーカーのような、名うての悪党や人殺しの話もした。ボニーはオーディが生まれた場所から一マイル足らずの土地で育ったという。セメントシティ・ハイスクールへかよったらしいが、オーディが入学するころには校名が変わっていて、セメント工場は建屋だけがそのままで、ちがう工場になっていた。

「ボニーとクライドがいっしょにいたのはほんの二年かそこらだった」カールは言った。「でも、もうこれで終わりだっていうように、一分一秒を惜しんで過ごしたんだ。本物の恋物語だな」

「キスの話なんか聞きたくないよ」オーディは言った。

「そのうち聞きたくなるさ」そう言ってカールは笑った。

カールは身を乗り出して声をひそめ、キャンプファイヤーを囲んで怪談話をするかのように、ふたりの最期となる奇襲について語った。霧の漂う夜明け前の光景がオーディの目に浮かんだ。一九三四年五月二十三日、ルイジアナ州セイルス郊外の人里離れた道で、待ち伏せていた州警察とテキサス・レンジャーがいきなり銃火を浴びせた。ボニー・パーカーは当時まだ二十三歳。埋葬されたフィッシュトラップ墓地は、オーディとカールが育った場所から百ヤードも離れていなかった（ただし、のちにボニーの遺体は祖父母が眠るクラウンヒル墓地へ移された）。クライドのほうは、一マイル先のウェスタン・ハイツ墓地に埋められ、その墓にも多くの人々が訪れたという。

カールは郵便詐欺とATMスキミングの初犯で監獄送りになったが、身を滅ぼした原因は麻薬だった。ブラウンズヴィルの州刑務所でそれに溺れ、一生やめられなかった。カールが釈放されたとき、オーディは十九歳の大学生だった。ブラウンズヴィルまで車で兄を迎えにいった。出てきたカールは、緑の縞《しま》のシャツとポリエステルのズボン、それに季節はずれの厚い革のオーバーコートという姿だった。

「そんな恰好《かっこう》で暑くないのかい」

「持ってるより着てるほうがいいんだ」カールは言った。

オーディはまだ野球をつづけ、ジムにもかよっていた。

「いい体つきになったじゃないか」

「兄さんもね」オーディは言ったが、ほんとうはちがった。カールは疲れた様子で、痩《や》せてとげとげしく、手の届かないものを欲しているように見えた。家族のなかでオーディが頭脳をもらったとみんなは言ったものだ――知性は宅配便で届き、その日家にいなければ持ち帰られてしまうかのように。しかし、知性だけではどうにもならない。必要なのは勇気、経験、熱意、そのほかいくつもの要素だ。

オーディは昔からなじんでいる界隈へカールを車で連れていった。カールが覚えているよりもにぎわっていたが、小さなショッピングモールも、チェーンストアも、廃墟になったビルの群れも、麻薬常習者のたまり場も、シングルトン・ブールバードを通る車から客を引く女たちも、以前のままだった。

カールはセブン-イレブンで、スラーピーを買って飲もうとしているハイスクールの少女ふたりをじっと見つめた。ふたりとも切りっぱなしのデニムのショートパンツときつめのTシャツといういでたちだ。オーディの知り合いだった。微笑む。ふざける。カールが声をかけると、少女たちは笑うのをやめた。オーディはそのとき、兄のなかにかつてないものを見つけた。それは自己嫌悪が発する、恐ろしいほど鋭い稲光だった。

兄弟は六缶パックのビールを買い、鉄道橋の下を流れるトリニティ川のへりに腰をおろした。ユニオン・ステーションへ向かう列車が頭上で轟音を立てる。オーディは刑務所のことを訊きたかった。どんな様子だったか、よく言われる話の半分は事実なのか、と。カールはマリファナを持っていないかと尋ねた。

「仮釈放中じゃないか」

「気分が楽になるんだ」

茶色の流れが渦巻くのを、ふたりはだまってながめていた。

「あの底にほんとうに死体があると思う?」オーディは言った。

「ぜったいあるさ」カールが答えた。

オーディは奨学金でヒューストンのライス大学にかよっていることをカールに話した。授業料は免除されても生活費を稼《かせ》がなくてはならないので、ボウリング場で昼夜を通して働いていた。

カールは弟を〝一族の頭でっかち〟だと言ってよくからかったが、オーディが思うに、内心では弟を誇りにしていた。

「これからどうするのさ」オーディは尋ねた。

カールは肩をすくめ、ビールの缶を握りつぶした。

「父さんが建設現場の仕事を紹介してもいいって言ってる」

カールは返事をしなかった。

その後、家に帰り、抱擁《ほうよう》あり涙ありの再会となった。母は息子が逃げてしまうとでも言いたげに、背後からカールをつかんで離さなかった。父はガソリンスタンドから珍しく早めに帰宅した。口数は少なかったが、カールの帰宅を喜んでいるのがオーディにはわかった。

一か月後、ヒューストンで大学二年の学期がはじまり、オーディはクリスマスにようやくダラスへ帰った。そのころには、カールは高級住宅地のザ・ハイツにある家に不法に居すわって、不特定多数の仕事を渡り歩いていた。恋人とは別れ、〝友達のために管理してやってる〟バイクを乗りまわしていた。気が立っているように見え、興奮しやすかった。

「ポーカーをやろうぜ」カールはオーディを誘った。

「なるべく倹約してるんだ」

「勝ちゃいいじゃないか」カールは弟を説《と》き伏せてゲームをはじめたが、刑務所のやり方だと言ってはたびたびルルを変えた。どれもカールに有利な変更だったので、オーディは大学生活のために蓄えていた金の半分を失った。カールは外出し、ビールを手に帰ってきた。結晶メタンフェタミンとスピードも持っていた。泥酔したがっていて、オーディがなぜ帰りたがるのかを理解できなかった。

翌年の夏、オーディはボウリング場と修理工場で働いた。カールは何度も来て金を借りようとした。姉のバーナデットは街の銀行に勤める男と付き合いはじめた。その男が新車に乗り、しゃれた服を着ていることで、カールは機嫌を悪くした。

「何さまだと思ってやがる」

「何も悪いことはしてないよ」オーディは言った。

「おれたちより上等な人間だと思ってるのさ」

「なぜ？」

「見りゃわかる。お高く留まってるじゃないか」

がんばって働くからこそ立派な家に住んで新しい車に乗れることもあるのだ、とだれかから諭されても、カールは耳を貸そうとしなかった。人の成功に憤《いきどお》るほうを選んだ。パーティーが開かれている家の外で窓に鼻を押しつけ、音楽に合わせて踊るきれいな女たちとひるがえるスカートをながめるのと同じだった。ただうらやましくて見ているのではなく、目には納得できない思いがあった。怒りも。飢えも。

夏が終わりに近づいたある日の夜十時ごろ、オーディに電話がかかった。カールはイースト・ダラスのバーにいた。バイクが壊れたらしい。車で迎えにきてくれと言う。

「行かないよ」

「金を巻きあげられたんだ。一セントも持ってない」

オーディは街の向こう側まで出かけていった。バーの前で車を停めた。店にはディキシービールのネオンサインがかかり、木の床はつぶれたゴキブリに見まがう煙草の焦げ跡だらけだった。ビリヤードに興じるバイク乗りたちが球を強く突くので、鞭《むち》がしなるような音がする。ただひとりいる女は四十代らしいが、十代の娘のような服を着て、十人以上の男の視線を浴びながらジュークボックスの前で酔いどれて踊っていた。

「一杯飲んでけよ」カールが言った。

「金を持ってないんだろう？」

「賭《か》けに勝ったんだ」カールはビリヤード台を指さした。「何が飲みたい」

「要らない」

「セブンアップでいいな」

「帰るよ」

オーディは店を出て歩きだした。あとを追って駐車場へ来たカールは、新しい仲間の前で恥をかかされたことに腹を立てていた。瞳孔《どうこう》がひろがり、車のドアの取っ手を二度つかみそこなった。カールの気分が悪くならないように、オーディはウィンドウをあけて運転した。車では静かだったので、眠ってしまったのかと思った。ところが、しばらくすると、迷子の子供のような声が聞こえた。

「だれも二度目のチャンスをくれないんだ」

「あせらないほうがいいよ」オーディは言った。

「おまえに何がわかる」カールは体をまっすぐに起こした。「一度どんと儲けるだけでいい。それで立てなおせるんだ。こんな土地からさっさと出て、どこか新しい場所でだれからも変な目で見られずにはじめられる」

オーディには理解できなかった。

「銀行を襲うのを手伝ってくれ」あまりにもさりげなくカールは言った。

「なんだって？」

「分け前は二十パーセントだ。おまえは運転するだけでかまわないさ。中へはいらなくていい。車にいるだけだ」

オーディは声をあげて笑った。「銀行強盗の手伝いをする気はないよ」

「運転するだけだぞ」

「金がほしいなら、仕事を見つけなよ」

「おまえが言うのは簡単だ」

「どういう意味だよ」

「おまえはお気に入りで特別扱いの息子だからな。おれはろくでなしの放蕩《ほうとう》息子でかまわない――早めに分け前をもらって、さっさと姿を消す」

「分け前なんてないよ」

「おまえが全部とったからだ」

ふたりは家族のもとへ帰った。カールは昔の自分の部屋で眠った。オーディは深夜に喉が渇いて目を覚まし、水を一杯飲もうと起きた。キッチンは暗かったが、あけ放った冷蔵庫だけが明るく、そばにカールがすわっている。顔は光に照らされていた。

「何を出したんだ」

「よく眠れそうな、ちょっとしたものだ」

オーディはコップをすすぎ、背を向けて出ていこうとした。

「すまない」カールが言った。

「何がすまないのさ」

カールは答えなかった。

「世界の飢餓《きが》、地球温暖化、二酸化炭素の放出。何に対して謝るんだ」

「すごくがっかりさせたことにだ」

オーディはライス大学にもどり、二年生のときの成績はほとんどの授業でトップだった。二十四時間営業のベーカリーで夜勤をし、服に小麦粉をつけたまま授業に出た。ファッションモデルのような歩き方をするチアリーダーらしき女子学生が、オーディに〝パン生地坊《ドウボーイ》や〟（製粉会社ピルスベリーのマスコット）というあだ名をつけ、それが定着したらしかった。

つぎのクリスマスに帰省したとき、オーディは自分の車がなくなったのに気づいた。カールが借りたきり返しにこないらしい。兄はもう実家には住んでいなかった。トム・ランドリー・フリーウェイにほど近いモーテルで、売春婦と思われる女と暮らし、その女が赤ん坊を産んだという。オーディが行くと、カールはプールのそばに腰かけ、ブラウンズヴィルを出たときと同じ革のオーバーコートを着ていた。目がどんよりと濁り、椅子の下にはつぶれたビール缶が散らばっている。

「車のキーが要るんだ」

「あとで返しにいくよ」

「だめだ、いまほしい」

「ガソリンが切れてる」

オーディは信じなかった。運転席にすわってキーをまわす。エンジンが動かなかった。

カールにキーを投げ返し、バスで家に帰った。野球のバットを持ってバッティングケージへ行き、八十球打って鬱憤《うっぷん》を晴らした。

オーディが断片をつなぎ合わせてその晩の出来事を理解したのは、少しあとになってからだった。弟がモーテルを出たあと、カールはガソリン缶から給油をし、車でハリー・ハインズ・ブールバード沿いの酒店まで出向いた。店の冷蔵ケースから六缶パックのビールを取り出し、コーンチップの袋とチューインガムをいくつかかごに入れた。店員は年配の中国人で、身につけた制服にはだれにも発音できない名前入りのバッジがついていた。

店内にいたほかの客はひとりだけで、離れた通路にしゃがみこみ、妊娠中の妻から頼まれたフレーバーつきドリトスを探していた。それはピート・アロヨという非番の警官だった。香りの強いものも甘いものも大好きな妻のデビーが、アイスクリームを食べながら外で待っていた。

カールは店員のもとまで行くと、ブローニングの二二口径セミオートマティック拳銃をオーバーコートから出して老人の頭に向け、レジスターの中身を渡せと言った。カールにはさっぱりわからない中国語で、哀願のことばがとめどなく流れた。

ピート・アロヨは通路の上の円盤形ミラーを見たにちがいない。こっそり近づきながら、背中へ手をやって拳銃を抜いた。腰を落として狙いを定め、手をあげろとカールに言った。

そのとき、デビーが重いドアを押してはいってきた。ふくらんだ腹がジャック・オ・ランタンのように目立っている。銃を見て、金切り声をあげた。

ピートは撃たなかった。カールが撃った。ピートは倒れ、どうにか一度発砲した。弾《たま》が車に乗りこむカールの背中にあたり、車は走り去った。救急隊員が四十分かけてピート・アロヨに処置を施《ほどこ》したが、病院に着く前に息を引きとった。そのときまでに、数人の目撃者が銃撃犯の人相を警察に伝え、また、犯人には同伴者がいて、運転席にすわっていたようだったと言った。

9

ヒューストン行きのバスが出るのは午後七時半だ。オーディは出発間際に乗りこみ、非常口のそばの座席にすわる。眠ったふりをしながら、まぶたの隙間からバスターミナルを見張り、サイレンが鳴りわたって回転灯が閃《ひらめ》くのに備える。

「ここは空いてるかな」声がする。

オーディは答えない。太った男がスーツケースを頭上の棚にほうりこみ、テイクアウトの食べ物の包みを折りたたみテーブルに置く。

「デイヴ・マイアーズだ」赤っぽい染みの浮いた手を差し出す。六十がらみのなで肩の男で、顎の線の代わりに分厚い肉の層が見える。「あんたは？」

「スミス」

デイヴが含み笑いをする。「最高の名前だな」

音を立てて食べ、指についた塩とソースを舐めとる。それから真上の読書灯をつけ、新聞をひろげて騒々《そうぞう》しくページをめくりだす。

「また国境警備隊を減らすみたいだな」ディヴは言う。「そんなことで、どうやって不法入国者を防ごうってんだ。やつらに一インチでも許したら、とたんに九ヤードは攻めこんでくるぞ」

オーディは何も言わない。ディヴはページをめくり、うなり声を発する。「この国は戦い方を忘れちまったな。イラク（ディヴの発音だとアイラックに聞こえる）を見ろ。おれに言わせりゃ、イスラム教国なんぞ、みんな核で叩きのめしちまえばいいんだが、黒人がホワイトハウスにいるかぎり、そんなことはできんだろうな。しかも、そいつのミドルネームがフセインときてるんだから」

オーディは窓へ顔を向けて、暗くなった外をながめ、平屋造りの家々の明かりや遠い山の航空標識を数えていく。

「おれにはよくわかってる」ディヴがつづける。「ベトナムで戦ったもんでな。あんな吊り目のアジア人どもは核爆弾で一掃してやりゃよかったんだ。枯れ葉剤なんか生ぬるい。でも、女は別だ。ありゃ最高だったよ。見た目は十二歳くらいだけど、達するときは魚が跳ねるみたいで」

オーディは物音を立てる。ディヴが話を止める。「何か気にさわったか」

「ああ」

「どこが？」

「妻がベトナム人なんだ」

「なんだと？　そいつはすまない、悪気はなかったんだ」

「いや、あったな」

「女房がベトナム人だなんて、知りようがないだろ」

「あんたはたったいま、全人種を、全宗教を、全女性をばかにした。犯したいだの殺したいだの、偏見だらけのいけ好かない野郎だよ」

デイヴの顔がみるみる赤くなり、頭蓋骨がひとまわり大きくなったかのように皮膚が引き延ばされる。そのまま立ちあがり、スーツケースに手を伸ばす。銃を出すつもりだろうかという考えがオーディの頭を一瞬よぎるが、デイヴは通路を歩きだし、別の席を見つけると、新たな隣人に自己紹介して、長距離バスで出会う〝どうしようもなく不快なやつら〟について、文句を垂れはじめる。

セギーンとシューレンバーグで停車したあと、零時の少し前にヒューストンに到着する。こんな時間にもかかわらず、バスターミナルにはさまざまな人間がいる。床で寝る者、ベンチに体を横たえる者。バスの行き先はロサンゼルス、ニューヨーク、シカゴ、そしてそのあいだのどこかの街だ。

オーディはトイレへ向かう。蛇口《じゃぐち》をひねって、顔に水をかけ、顎の無精ひげをさする。伸びるのが遅くてまだ正体をごまかせそうにないが、日に焼けたせいで鼻と額の皮がむけはじめている。刑務所にいたころは、毎朝ひげを剃《そ》ったものだ。一日のうちの五分間を埋めてくれたし、見た目に気を配ることを忘れずにいられた。いま鏡に映っているのは、少年ではなく、ひとりの男だ。歳をとり、すっかり痩せ、かつてないほど険しい顔をしている。

　母親と幼い少女がトイレにはいってくる。どちらも金髪で、ジーンズにキャンバス地のスニーカーといういでたちだ。母親は二十代半ばくらいで、髪を高いところでポニーテールにしている。ローリング・ストーンズのTシャツが突き出た胸に張りついている。少女は六、七歳で、前歯が一本なく、バービー人形の絵のついたバックパックが背中からぶらさがっている。

「ごめんなさいね」女は言う。「女性用のトイレが掃除中ではいれないの」

　女は洗面用具のポーチを洗面台の端に置き、歯ブラシと練り歯磨きを取り出す。ペーパータオルを濡らし、娘のTシャツを脱がせて、腋の下と耳の裏を拭く。それから蛇口の下に頭を突き出させ、しっかり目をつぶっていなさいと言い聞かせながら、ディスペンサーの液体石鹸で髪を洗ってやる。

　オーディのほうを振り向く。「何見てんのよ」

「いえ、何も」

「あんた、変態か何か？」

「誤解ですよ、奥さん」

「奥さんなんて呼ばないで！」

「すみません」

オーディは濡れた手をジーンズでぬぐいつつ、足早にトイレを出る。バスターミナルの外の通りでは、男たちが煙草を吹かしたり、ぶらついたりしている。売人。客引き。女を食い物にするやつらもいる。標的は家出中で宿のない女。甘い誘いに乗る女。そんな女はたやすく撃ち殺される。両手を喉にかければ、わめくのをやめる……。疲れてるのかもな、とオーディは思う。ふだんは人間のいやな面ばかりを考えたりはしない。

そのブロックを歩きまわるうちに、マクドナルドを見つける。まぶしい照明、原色の外装。ハンバーガーとコーヒーを買う。しばらくして、トイレで会った母娘《おやこ》に気づく。ふたりはボックス席にすわり、食パンといちごジャムでサンドイッチを作っている。

その光景に心をなごまされていると、年長の店員が近づいてくる。

「ここで食事されては困りますね。何かお買い求めいただかないと」

「迷惑かけてるわけじゃないでしょ」女は言う。

「店が散らかります」

オーディはトレーを持って、ボックス席へ移動する。「ほら、早く決めなさい。何を食べるんだ」ふたりの向かいのシートに滑りこみ、店員と視線を合わせる。「何か問題でも？」

「いえ、何も」

「それはよかった。ついでに、ナプキンを何枚かもらえるかな」

店員はぶつぶつ言いながら退散する。オーディは自分のハンバーガーを四つに分けて、テーブルのふたりの側へ置く。女の子は手を伸ばすが、母親にぴしゃりと手首を叩かれる。

「知らない人から食べ物をもらっちゃだめ」咎めるようにオーディを見る。「つけてきたの？」

「ちがいますよ、奥さん」

「あたし、そんなにおばさんに見える？」

「いいえ」

「だったら、奥さんなんてやめて！　あんたより若いんだから。それに施しは要りません」

女の子が落胆の声を漏らす。ハンバーガーと母親の顔を交互に見比べる。

「あんたの魂胆はわかってる。あたしたちを信用させて、あとでひどいことをするつもりでしょ」

「被害妄想だよ」

「あたしは麻薬漬けでも売春婦でもないからね」

「そう聞いて安心した」オーディはコーヒーをひと口飲む。「いやなら、あっちへもどるけど」

女はだまっている。まばゆいネオンが鼻のそばかすと、ふたつの瞳──緑と青の中間のような色をしている──を照らし出す。女の子は母親の目を盗んでハンバーガーをつかみ、手で隠しながら食べている。指を伸ばして、ポテトも一本つまむ。

「名前は？」オーディは訊く。

「シュカーレット」

「その歯が抜けて、何かもらったかい、スカーレット」

スカーレットはうなずき、ラガディ・アンの布人形を持ちあげてみせる。以前にもだれかに愛されていた、それも熱烈に愛されていたらしい人形だ。

「その人形の名前は？」

「ベシー」

「かわいい名前だ」

スカーレットが袖で鼻を覆う。

オーディは笑う。「すぐにシャワーを浴びるから、くさくなくなるよ」手を差し出す。「おいちゃん、くしゃい」

「名前はスペンサーだ」

スカーレットはその手を見つめ、母親へ視線を移す。それから自分も手を伸ばす。スカーレットのこぶしがオーディのこぶしにすっぽりおさまる。

「で、きみは？」オーディは母親のほうに問いかける。

「キャシーよ」

キャシーは握手をしようとはしない。美人だが、古傷を覆うかさぶたのように硬い殻《から》をまとっているのがわかる。貧しい地区に生まれ育ち、男の子たちを言いくるめて氷菓子を買わせ、引き換えに下着をちらりと見せてやったりしたのだろう。そんなふうに自分の性的魅力を使うことがどんなに危険なゲームか、よくわかりもせずに。

「こんな遅い時間までご婦人がたが何をしてるんだ」

「あんたに関係ないでしょ」

「あたちたち、車で寝るの」スカーレットが答える。

キャシーは娘をだまらせる。スカーレットは地面を見つめて、人形を強く抱きしめる。

「このへんに安いモーテルはあるかな」オーディが尋ねる。

「どのくらい安いとこ？」

「とにかく安いところだ」

「タクシーでちょっと行ったあたりに何軒かあるけど」

「よし」オーディはボックス席から滑《すべ》り出る。「じゃあ、そろそろ行くよ。会えてよかった」そこで足を止める。「最後に熱いシャワーを浴びたのはいつだ？」

キャシーがにらむ。オーディは両手をあげる。「訊き方が悪かったな。すまない。実はバスのなかで財布を盗まれて、身分証なしにモーテルに泊まるのはむずかしそうだと思ったんだ。金はじゅうぶんあるけど身分証がない」

「あたしにどうしてほしいの？」

「きみが部屋をとってくれたら──代金はぼくが払う。ふた部屋ぶんをだ。きみとスカーレットがひと部屋使えばいい」

「どうしてそんなことを？」

「ぼくには寝る場所が必要で、三人ともシャワーを浴びる必要がある」

「あんたがレイプ魔で、連続殺人犯かもしれないじゃない」

「脱獄囚かもな」

「そうよ」

キャシーはオーディの顔をじっと見つめる。自分が愚かな決断をしようとしているのかを見きわめるかのように。「スタンガンを持ってるの」唐突に言う。「ちょっとでも変なことしたら、痛い目に遭うからね」

「だろうな」

キャシーの車はおんぼろのホンダCR－Vで、コカ・コーラの看板の下の空き地に停めてある。キャシーはワイパーにはさまれていた駐車違反のチケットをもぎとり、くしゃくしゃにまるめる。スカーレットはオーディの腕のなかで、頭を広い胸にもたせかけて眠っている。あまりにも小さくて華奢《きゃしゃ》なので、壊れてしまいそうでオーディは不安だ。最後にこんなふうに子供を運んだときのことを思い出す——小さな男の子で、褐色の瞳はまさに褐色としか呼びようがないものだった。

キャシーが車に頭を突っこみ、寝袋を隅へ移したり服をスーツケースに詰めたりして、持ち物を整理する。オーディはスカーレットを後部座席へおろして、頭の下に枕を入れてやる。エンジンは何度目かでようやくかかる。セルモーターが故障しかかっているのだろう。作業場で働く父をながめて過ごした年月が、オーディの脳裏《のうり》によみがえる。車は縁石をかすって、人気《ひとけ》のない通りへ出る。

「車で暮らしはじめて、どれくらいになるんだ」

「一か月」キャシーが言う。「それまでは姉のところにいたんだけど、追い出されたの。あたしが亭主に色目を使ったってね。でも、手を出してきたのは向こうなのよ。我慢しきれなかったらしくて。このろくでもない街には、まともな男なんかひとりもいない」

「スカーレットの父親は？」

「アフガニスタンで戦死したんだけど、軍はあたしに死亡給付金を出さなかったし、トラヴィスとあたしが結婚してなかったからスカーレットを実子と認めなかった。婚約はしてたんだけど、それじゃだめだって。トラヴィスはIEDで死んだの――なんのことだかわかる？」

「地雷だろ」

「そう。あたしはトラヴィスが死ぬまで知らなかった。知ってるなんて、すごいのね」手首で鼻をこする。「トラヴィスの両親には売女扱《ばいた》いされた。だれの子かもわからない赤ん坊をだしにして、政府の補助金を狙ってるって」

「きみの両親はどうしてるんだ」

「母はいない。あたしが十二のときに死んだの。父には、妊娠が知れたとたんにほうり出された。結婚するつもりだったと言っても、聞いてくれなくて」

キャシーは緊張を和《やわ》らげようと話しつづけ、自分が〝免許とかいろいろ〟をとった正規の美容師であると言う。手をあげて爪を見せる。「ほら、見て」爪はテントウムシのような模様に塗られている。

車はノース・フリーウェイに乗る。キャシーは背筋をまっすぐ伸ばし、両手をハンドルにかけている。キャシーの理想としていた人生がオーディの目に浮かぶ――大学進学、フロリダでの春休み、ビキニでモヒートを飲み、ローラーブレードで海沿いの道を走り、就職して、結婚して、家を買って……。いまは車で眠り、公衆トイレの洗面台で子供の髪を洗っている。現実なんてそんなものだ、とオーディは思う。たったひとつの出来事や判断ミスがすべてを変えてしまう。それはタイヤのパンクだったり、まちがった瞬間に車道へ飛び出すことだったり、運転中に地雷を踏むことだったりする。自分の運命は自分で切り拓《ひら》くものだとは思わない。肌や髪の色が話題にならないかぎり、公平という概念についてじっくり考えることもない。

六マイルほど走ってから、エアライン・ドライブでフリーウェイをおり、スター・シティ・インに車を停める。ヤシの木が玄関扉の両脇に番兵さながらに控え、駐車場では割れたガラスがきらめいている。ゆるいパーカとジーンズを身につけた何人かの黒人が、一階の部屋の外でたむろしながら、手負いのヌーを狙うライオンのような目をキャシーに向ける。

「ここはこわい」キャシーがささやく。

「あの連中なら心配ないよ」

「どうしてわかるのよ」心を決めたらしい。「部屋はひとつにする。ベッドはふたつ。あんたとはいっしょに寝ないからね」

「わかった」

四十五ドル払って、二階のツインルームにはいり、スカーレットをダブルベッドの片方におろす。スカーレットは親指をしゃぶりながら深い眠りに落ちる。キャシーはバスルームにスーツケースを運びこみ、バスタブに湯をためて粉石鹸《せっけん》を振りまく。

「少し休んだほうがいい」

「朝までにこれを乾かしたいの」

オーディは目を閉じてまどろむ。水の跳ねるかすかな音と濡れた服を絞る音がする。しばらくして、キャシーが娘の隣へもぐりこみ、ベッド越しにオーディを見つめる。

「あんた、いったい何者なの？」小さな声で問う。

「こわがるような相手じゃないよ、奥さん」

10

パーティー会場は千人もの招待客でにぎわっている。夜会服姿の男たち。ハイヒールにカクテルドレスのいでたちで、胸もとや背中をあらわにした女たち。知的職業に就く男女、投資家、銀行家、会計士、実業家、不動産開発業者、起業家、ロビイスト。みな、自分たちの支持するエドワード・ダウリングがテキサス州上院議員に新たに選出されたことを祝うため、この場に集っている。

ダウリングはベテラン議員のような慣れた物腰で、室内をゆっくりと進みながら、ひとりひとりのゲストと固い握手を交わし、腕にふれ、親しげなことばをかけている。人々は息を凝らすかのように、その栄光の照り返しを浴びているが、どれほど輝きと魅力に満ちていても、ダウリングのふるまいには中古車の販売員めいたものがあり、そのあふれんばかりの自信は自己啓発用のテープやトレーニング本で身につけたように見えなくもない。

ヴィクター・ピルキントンは、そこかしこにあるシャンパンのトレーの前を素通りして、霜《しも》のついたグラス入りのアイスティーを手にとる。六フィート四インチの長身で人々の頭の海を見おろしながら、だれとだれが新たに交わり、だれとだれが口をきかないのかを心に留めておく。

妻のミーナもこのどこかにいるはずだ。ゆったりとしたシルクのドレスは、胸の谷間から腰の背中側まで優美なドレープを描いている。歳は四十八だが、ゆうに十歳は若く見えるのは、週三回のテニスと、カリフォルニアに住む自称〝人体彫刻家〟の整形外科医のおかげだ。ミーナはアングルトンで育ち、地元高校のテニス代表選手として活躍したのち、大学へ進学し、結婚し、離婚し、また結婚した。それから二十年経つが、コートのなかでも外でも、いまだに美しい。混合ダブルスに興じているときも、このマグノリア・ボールルームで年下の男たちと戯《たわむ》れているときも。

ミーナは浮気しているようだが、注意深く事を進めているらしい。ピルキントンも同様だ。ふたりは別の部屋で眠る。昼の生活も別だ。とはいえ、失うものが大きいから、うわべは体裁を保っている。

ひとりの男が足早に通りかかる。ピルキントンは手をあげて、その肩をつかまえる。

「どうなってるんだ、ローランド」上院議員の第一秘書に問いかける。

「いま、ちょっと忙しくて、ミスター・ピルキントン」

「わたしが会いたいことは伝わってるんだろうな」

「はい」

「重要な件だと言ったか」

「伝えました」

ローランドは人混みに消える。ピルキントンは飲み物のおかわりをもらい、何人かの知り合いと世間話をする——そのあいだも上院議員から目を離さない。政治家はあまり好きではないが、ピルキントン一族からは数名が出ている。曾祖父《そうそふ》のオーガスタス・ピルキントンは、クーリッジ政権時代に下院議員だった。そのころの一族は、石油と海運業で稼いだ金でベルモア教区の半分を所有していたが、七〇年代のオイルショックで、ヴィクターの父はすべてを手放さざるをえなくなった。財を成すのに六世代、失うのに六か月——資本主義の気まぐれとはそういうものだ。

それ以来、ヴィクター・ピルキントンは家名の再興をめざして手を尽くしてきた——言ってみれば一エーカーずつ、一区画ずつ、煉瓦《れんが》ひとつずつ農場を買いもどした。とはいえ、それには個人的な犠牲がともなった。親のおかげで成功する者もいれば、その逆もいる。父は五年を刑務所で過ごし、病院のトイレ清掃係として生涯を終えた。ヴィクターはそんな父の弱さを軽蔑《けいべつ》していたが、生殖能力には感謝していた。一九五五年にダイムラー社のクラシックカー（イギリスから特注で運ばれてきた逸品）の後部座席で、十代の女子店員を犯して孕ませなかったら、ヴィクターはこの世に生を享《う》けなかったのだから。

不思議なもので、ある家族にとっては、テキサスの礎《いしずえ》を築いた英雄の子孫であることや、官公庁や一流企業に知り合いがいることや、名家同士で結婚していることが自尊心の拠《よ》りどころだが、その一方で、生き延びてきたことだけが矜持《きょうじ》だという家族もいる。破産と父の収監を経て人々の上にのしあがった今日の自分を、ヴィクターは誇りに思っているが、今夜のこの会場ではまるで敗残者の気分だ。

会場の向こう端では、ダウリング上院議員が篤志家《とくしか》や追従屋《ついしょうや》や政界の大物に囲まれている。ダウリングは女性たち、とりわけリーダー格の女性に人気が高い。古くからの資産家一族が顔をそろえるなかにはブッシュ家の若手もいて、大学時代のラグビー部の逸話《いつわ》を披露している。一同が笑う。語り手がブッシュ一族の者なら、内容が面白いかどうかは関係ない。

キッチンのドアが開き、四人のウェイターが蠟燭《ろうそく》の立った二段のバースデーケーキを持って現われる。ディキシーランド・ジャズバンドが〈ハッピー・バースデー〉の曲を奏《かな》で、ダウリング上院議員は胸に手をあてて会場の四隅へお辞儀をする。カメラマンたちが待ちかまえている。フラッシュが上院議員の完璧な歯並びに照り映える。どこからともなく妻が登場し、寄り添って立つ。黒いシースルーのイブニングドレスに、サファイアとダイヤモンドのネックレス。上院議員の頬にキスし、口紅の跡を残す。この写真が《ヒューストン・クロニクル》の日曜版の社交欄を飾るだろう。

万歳三唱。拍手喝采《かっさい》。だれかが蠟燭の数をからかう。上院議員がやり返す。ピルキントンはさっさと顔をそむけ、バーへ向かう。強い酒が必要だ。バーボン。ロックで。

「あいつ、何歳だ」バーで隣にいた男が訊く。蝶《ちょう》ネクタイがほどけて胸にぶらさがっている。

「四十四。ここ五十年でいちばん若い上院議員だ」

「たいしたことないとでも言いたげだな」

「しょせん政治家だ。あとから幻滅させられるに決まってる」

「あいつはちがうかもしれないぞ」

「ちがわないことを祈るね」

「どうしてだ」

「サンタクロースがいないことを確認するようなものじゃないか」

もうじゅうぶん待たされた。ピルキントンは人々のあいだを進み、とっておきの話を披露しているさなかの上院議員に話しかける。「すまない、テディ、話がある」

ダウリングは苛立ちの表情を隠さない。詫びを入れて、輪から抜け出す。

「上院議員と呼んでくれないか」ピルキントンに言う。

「なぜだ」

「いまはそうだから」

「おまえがママのJCペニーのカタログでマスをかいてたころから知ってるんだ。そう簡単に上院議員なんて呼べるか」

ふたりはドアを押しあけて業務用エレベーターに乗り、厨房《ちゅうぼう》へとおりる。ステンレスの深鍋が流しで磨かれ、デザートの皿が調理台に並んでいる。ふたりは屋外へ出る。空気は先刻までの雨のにおいに満ち、水たまりで月光が黄色にきらめく。大通りは行き交う車で混雑している。

ダウリング上院議員は蝶ネクタイをゆるめる。細く女っぽい手は、なめらかな頬と小さな口によく似合う。黒い髪はていねいに刈りこまれ、左側の分け目を境になでつけられている。ピルキントンは葉巻を取り出して、端をくわえるが、火はつけない。

「おとといの夜、オーディ・パーマーが脱獄した」

上院議員は反応しないようにつとめるが、ピルキントンはこの年下の男の肩に力がこもったのに気づく。

「処理ずみだと言っていたじゃないか」

「そうだ。警察犬に足跡を追わせたら、チョーク・キャニオン貯水湖のほとりで終わっていた。湖の幅は三マイルもある。おそらく溺れ死んだだろう」

「マスメディアはどうなっている」

「どこもこの件を採りあげてない」

「穿鑿《せんさく》しはじめたらどうするんだ」

「穿鑿なんかしないさ」

「だが、もししたら？」

「おまえは地方検事として何人の人間を裁判所送りにしてきたと思ってるんだよ。自分の仕事をしたまでだ。その一点張りでいい」

「やつが死んでいなかったら？」

「また捕まえて、刑務所へ送り返せばいい」

「それまでは？」

「じっと待つんだな。そのうち、国じゅうのごろつきがパーマーを探しはじめる。縛りあげて爪を引っこ抜いてでも、あの金の行方を吐かせるだろう」

「それでも、仕返しに来る可能性はある」

「来ないさ、やつは脳をやられてるんだ。忘れたのか？　まわりに言いふらしておけよ、オーディ・パーマーは危険な脱獄犯で、とっくに電気椅子に送られるべきだったのに、FBIが台なしにしたって」ピルキントンは葉巻の端を強く嚙み、つぶれた葉を味わう。

「それと並行して、二、三、頼みたいことがある」

「すべて処理ずみだと言っていたじゃないか」

「追加の保険のつもりだ」

11

三人の看守がモスを寝床から引きずり出し、上半身裸のままで冷たいコンクリートの床にひざまずかせる。ひとりが背中に警棒を振りおろす。理由と言えば、積年の恨みか、ただの悪意か、受刑者を監督する者に芽生《めば》えるらしい残虐性ぐらいのものだろう。

力ずくで立たされ、服の束を腕に押しこまれたモスは、廊下を歩きだし、扉をふたつ抜けて階段をおりていく。穿いていた安っぽい綿のボクサーパンツはゴムが伸びきっていて、つねに片手で押さえておかなくてはならない。なぜ外へ出されるときにかぎって、まともな下着をつけていないのだろう。

看守のひとりに、服を着るよう指示される。手首と足首に枷《かせ》をはめられ、胴まわりの鎖につながれる。なんの説明もないままスロープをくだり、中庭へ出ると、そこに護送車が停まっている。すでに何人かの受刑者がひとりずつ檻にいる。別の場所へ連れていかれるわけだ。移送はいつもこんなふうにおこなわれる――真夜中の、問題がいちばん起こりにくいときに。

「どこへ行くんだ」ほかの受刑者に尋ねる。

「ここじゃないところだ」

「そんなことはわかってる」

ドアが閉まる。八人の受刑者は頑丈な金属の檻のなかだ。いくつもの監視カメラ、作りつけの座席、床には排水溝。ひとりの連邦保安官が運転室を背にして、膝の上にショットガンをかかえてすわっている。

モスは声を張りあげる。「行き先はどこだ」

答はない。

「おれの権利だ。妻に知らせてくれ」

沈黙。

護送車は門を出て、南へ向かう。ほかの受刑者たちはまどろんでいる。モスは道路標識を見て、行き先を知ろうとする。夜間の移送は州をまたぐことが多い。おそらく自分への懲罰だろう。故郷から千五百マイル離れたモンタナかどこかの、けつの穴みたいな刑務所へ送りこまれるのか。一時間後、ビーヴィルにほど近いウェスト・ガザ臨時拘置所《こうちしょ》に到着する。そこでモス以外の全員がおろされる。

護送車はふたたび走りだす。受刑者はモスひとりだ。連邦保安官もすでにおりて、モス以外に乗っているのは運転手だけで、薄汚れたプラスチックの仕切りの向こうに黒くぼんやりと姿が見える。国道五九号線を二時間ほど北東へ向かい、ヒューストン郊外にはいって南東へ進路を変える。州外へ移送するつもりなら空港をめざすはずだ。何かがおかしい。

夜が明ける少し前に、護送車は四車線の幹線道路を離れ、何度か方向転換したのち、さびれた休憩所で停まる。金網越しに木々の輪郭が見える。刑務所ならではの防犯灯も監視塔も鉄条網もない。

制服姿の運転手が護送車の中央通路を歩いてきて、モスの檻の前で足を止める。

「立て」

モスは立ちあがり、窓のほうを向く。南京錠に鍵が差しこまれて閂《かんぬき》が動く音がする。分厚い麻袋を頭からかぶせられる。玉葱《たまねぎ》くさい。警棒だか銃身だかで小突《こづ》かれながら歩くうちに、段を踏みはずして護送車から転がり落ち、両手と両膝で着地する。砂利が手のひらに食いこむ。新しい一日のはじまりにふさわしく、空気はひんやりとしてさわやかな香りがする。

「ここにいろ。動くな」

「これからどうなるんだ」

「だまれ！」

足音が遠ざかり、虫の声と、自分の心臓が脈打つ音が聞こえる。何時間も過ぎたと思えたが、数分後、袋の粗《あら》い目を通しておぼろな影が見える。揺れるヘッドライトがモスを照らす。車が二台。護送車のまわりを一周して、少し離れたところに停まる。

ドアがあいて閉まる。ふたりの男が砂利《じゃり》を踏んで歩いてきて、目の前に立つ。モスには輪郭しかわからない。ひとりはよく磨かれた黒い靴を履いている。正装。肉づきがいいが、背筋を伸ばしているとあまり太っては見えない。連れの男はもっと痩せて、おそらく年下で、茶色いズボンにカウボーイブーツという恰好だ。急いで話そうという気配はない。

「おれを殺すつもりか」モスが口火を切る。

「まだ決めていない」年かさの男が言う。

「しゃべってもいいか」

「条件つきだ」

拳銃がホルスターから抜かれ、安全装置がはずされる音がする。

「しゃべっていいのは質問されたときだけだ。わかったか」

モスは答えない。

「いまのが質問だ」

「あっ、そうか、了解」

「オーディ・パーマーはどこだ」

「知らない」

「それは残念だ。きみは話のわかる男だと思ったんだが」

拳銃がモスの右耳の下のくぼみに力強く押しあてられる。

「話ならわかってる」

「オーディ・パーマーの居場所を吐け」

引き金が絞られるのが音でわかる。

「知らないものを教えようがないさ」

「ここはもう刑務所の外だ。口を慎まなくていい」

「知ってたら、とっくに教えてる」

「仲間に忠義立てしているんじゃないのか」

モスは首を横に振る。目の前でさまざまな色が躍る。死の直前には光明が見えるとか、人生のさまざまな光景がよみがえるとか、これがそうなのかもしれない。だとしたら、がっかりだ。女たちは、パーティーは、楽しかった日々はどこへ行った？　なぜそういうものが現われないのか。

若いほうの男が体をひねって、モスの腹にこぶしを見舞う。予期せぬ一撃が胸骨の真下の柔らかな場所を深くえぐる。口があく。空気が漏れる。吸いこめない。二度と息ができないかもしれない。ブーツで背中をひと蹴りされ、前のめりに倒れて落ち葉に突っ伏す。

唾液が顎をしたたり落ちる。

「刑期はどれくらいだ」

「終日だ」

「終生だろ。何年つとめた？」

「十五年」

「仮釈放の可能性は？」

「希望は捨てないことにしてる」

年かさの男はモスの横でしゃがんでいる。心地よい声で軽快に話すので、眠りを誘う。昔ながらの南部の紳士という感じだ。

「取引をしよう、ミスター・ウェブスター。きみにとっては、いい話だぞ。こんな取引ができるのは一生に一度と言っていい。ことわれば、目の穴から弾丸が飛び出すことになるんだから」

長い間《ま》。かぶせられた袋がずれて、数インチの隙間から草が見える。毛虫が一匹、モスの唇のほうへ這ってくる。

「取引って、どんな？」

「考える時間をやろう」

「でも、内容がわからないじゃないか」

「十五秒だ」

「だけど、まだ……」

「十、九、八、七、六、五――」

「やるよ！」

「よし」

モスは引きずり起こされる。小便のにおいが鼻孔に充満し、ズボンの股《また》が湿ってべとつく。

「われわれがここを発《た》ったら、千まで数えてから、その袋をとれ。向こうに小型トラックが停まっている。キーはイグニッションに差さったままだ。グローブボックスには、現金千ドルと携帯電話と運転免許証がはいっている。携帯電話はGPS追跡機能つきだ。電源を切ったり、なくしたり、きみ以外の者が電話に出たりしたら、地元警察からFBIに連絡が行って、きみがブラゾリア郡のダーリントン州立農園刑務所から逃げたと知らされることになる。同時に、きみの妻の家に六人の男が送りこまれて――そう、住まいくらいわかっているとも――楽しい遊びをはじめる。この十五年、きみにはできなかった方法でね」

モスは黙したままだが、知らず識《し》らずのうちにこぶしを握りしめている。スーツの男はふたたびしゃがむ。ズボンの裾《すそ》があがって、黒い靴下の上のなめらかな生白い足首がむき出しになる。男の目は見えないが、こちらを注視しているはずだ。野球のキャッチャーが、ボールであれ舞いあがる砂ぼこりであれ、何ひとつ見逃すまいと構えるかのような態度で。

「自由になった見返りに、オーディ・パーマーを探せ」

「どうやって？」

「犯罪者同士の裏のつながりがあるだろう」

モスは笑いだしそうになるのをこらえる。「十五年も塀のなかにいたんだぞ」

その答に、すばやい蹴りが飛んでくる。モスは暴力にうんざりする。

「あの金がからんでるのか」痛みに耐えながら訊く。

「金がほしければ好きにしろ。こちらが興味があるのはオーディ・パーマーだけだ」

「なぜだ」

「やつには人を殺した責任がある。頭に銃弾を食らったから殺人罪には問われずにすんだがな」

「見つけたら、どうすればいい」

「連絡しろ。番号はその電話に登録してある」

「オーディはどうなるんだ」

「きみの知ったことではないんだ、ミスター・ウェブスター。きみは三回バットを振って、三振に倒れた。もう一度打席にはいって、試合を再開するチャンスなんだよ。オーディ・パーマーを見つけたら、残りの刑期を帳消しにしてやる。約束しよう。きみは自由だ」

「あんたが信用できるって、どうしてわかるんだ」

「おいおい、ついさっき連邦刑務所から出してやったばかりだろう。州立農園刑務所へ移送することにしたんだが、先方はきみが来るなんてまったく知らないさ。ほかにも、こちらはなんだってできる。パーマーを見つけそこなったら、きみはテキサスでいちばん劣悪な刑務所で哀れな最期を迎えることになる。わかったな」

男は身を寄せ、吸い口の湿った葉巻を、火をつけないままモスの顔のそばへほうり投げる。

「ほかに道はないんだよ、ミスター・ウェブスター。さっさと覚悟したほうが楽になる。携帯電話についての注意も忘れるな。なくしたら、きみはお尋ね者だ」

12

目を閉じるたび、オーディはいつも恋に落ちる。この十年余り、ずっとそうだ――ベリータ・シエラ・ベガと出会って、思いきり頬をひっぱたかれた、その瞬間から。

ベリータは水差しを手に持って、コンクリートの焼けつく小道を歩いていた。鳥かごにいる二羽のアフリカ産の灰色のオウムに、キッチンから水を運ぶためだ。水差しは重く、水が左右に跳ねて薄い綿のワンピースを濡らしていた。十代から抜け出したばかりという感じで、長い髪はあまりにも黒く、ブラックライトに照らされたサテンのように紫がかって見えた。それは馬の尻尾《しっぽ》のように束ねられて背中へ垂れさがり、ワンピースの腰のリボンにまで達していた。

オーディはだれかが屋敷の脇をまわってくるとは思いもせず、ベリータも同じだった。コンクリートの路面は熱く、ベリータは靴を履いていなかったので、踊るように足を交互に動かして火傷しないようにしていた。そのせいで水がますますこぼれて、ワンピースの前身頃が肌に張りつき、生地の下の乳首が茶色いドングリのように突き出ているのが透けて見えた。

「手伝いましょう」オーディは声をかけた。

「だいじょうぶよ、セニョール」

「重そうです」

「力はあるから」

スペイン語だったが、じゅうぶん理解できた。オーディは水差しを奪いとって、鳥かごへ向かった。ベリータは腕を組んで胸を隠し、コンクリートの熱を避けて日陰にいた。そこで待ちつづける。瞳は茶色で、子供のビー玉にときどきあるように、金色の斑点《はんてん》が散っていた。

オーディは庭とプールを見渡し、切り立った崖へ目をやった。もっと晴れていれば太平洋まで見えただろう。

「いいながめだ」小さく口笛を吹く。

後ろを振り返ったのと同時に、ベリータが顔をあげた。オーディの視線は、ベリータの顔から喉、そして胸へと移った。ベリータはオーディの左頬を思いきりひっぱたいた。

「そういう意味じゃなかったんだ」

ベリータは憐《あわ》れむような目でオーディを一瞥《いちべつ》してから、屋敷のほうへもどりはじめた。

オーディは片言のスペイン語で同じことを繰り返そうとした。「ごめんなさい《ロ・シエント》、お嬢さん《セニョリータ》。見るつもりはなかった《ノ・ケリーア・ミラール》……ええと……その……あなたの……」胸はなんて言うんだっけ？　テタスだったか、ペチョスだったか。

ベリータは答えなかった。オーディは存在していないも同然だ。歩み去っていく背中で、黒い髪が怒ったように左右に揺れている。玄関の網戸が激しい音を立てて閉まった。オーディは野球帽を持ったまま、表で立ちつくしていた。自分の身に何かが起こって、天の啓示か何かを得たのを感じたが、その正体はわからない。コンクリートの小道を見ると、水のこぼれた跡はすっかり消えていた。先刻の出来事を示すものは、オーディの記憶のほかに何も残っていなかった。

ベリータが一段と古びたワンピースに着替えて、ふたたび戸口に現われた。網戸をあけないまま、片言の英語で言った。

「セニョール・アーバン、いない。あなた、また来る」

「頼まれてここに来たんだ。黄色い封筒をとってこいって。こういう黄色の《ソブレ・アマリーリョ》」オーディは指で封筒の大きさを描いた。「セニョール・アーバンは、書斎のサイドテーブルに置いてあるって言ってた」

ベリータは蔑《さげす》むようにオーディを見たあと、また姿を消した。尻の動きに合わせて、ワンピースの布地が揺れた。水がガラスを滑り落ちるように自然な動きだ。

ベリータがもどった。オーディは封筒を受けとった。

「ぼくの名前はオーディ」

ベリータは網戸に鍵をかけると、背を向けて、屋敷のひんやりとした暗がりに消えた。オーディは茫然《ぼうぜん》とその場に立っていた。見るものなど何もないのに、見つづけずにはいられなかった。

デジタル時計の赤い数字によると、まだ朝八時を少し過ぎたところだが、カーテンの隙間からは一時間前から光が漏れている。キャシーとスカーレットはまだ眠っている。オーディは静かに起きて、バスルームへ向かう。小さな机のそばを通り過ぎたとき、ベニヤの天板に車のキーが置いてあるのに気づく。キーホルダーにはピンクのウサギの足がついている。

ジーンズとトレーナーを身につけてから、トイレの蓋をおろし、腰かけてモーテルの便《びん》箋《せん》にメモを書く。

〝車を借りる。二、三時間でもどる。警察を呼ばないでくれ〟

外へ出て、運転席へ滑りこみ、州間高速四五号線に乗ってヒューストンの北へ向かう。日曜の朝で道がすいているので、三十分もせずに街を出て、七七番出口でおり、ゴルフ場や湖を横目に見ながらウッドランズ・パークウェイを進むと、道の名前が田舎じみてくる。製材所《ティンバー・ミル》通り、鹿駆け小路《ドウ・ラン・ドライブ》、臭木《グローリー・バウアー》菜などなど。頭のなかで地図を思い浮かべる――スリー・リバーズ連邦刑務所のコンピューターで所番地を検索し、記憶に叩きこんでおいたものだ。

ラマー小学校のがら空きの駐車場に車を停め、ショートパンツに穿き替えて、新しいランニングシューズの靴紐を結ぶ。ナラやカエデやクリの木の下の自転車道に沿って、ゆっくりと走りだす。道が交わるところにはかならず一時停止の標識が置かれ、家々は道路から奥まったところにあって、芝生と花壇にたっぷり水が撒かれている。リヤカーつきの自転車に乗った新聞配達の少年が、オーディを追い越していく。少年が石斧《いしおの》のごとく新聞をほうり投げると、それはくるくると回転しながら、それぞれの家のポーチや私道へと勢いよく落ちる。オーディも十代のころは新聞配達をしていて、独自の配達ルートがあったものだが、このような場所ではなかった。

陽光が木の間《こま》から差して、道路にまだらな影を作っている。ゴルフ場に数名の男たちが見える。エジプトのファラオのように太り、白く輝くカートを乗りまわしている。ここはまさに彼らの領土だ。清廉潔白《せいれんけっぱく》で、法を犯す者はいない。都会の喧騒《けんそう》から少しだけ離れたこの地には、見栄えのよい家が並んでいる。どの家もポーチに旗竿とブランコが配され、隣家とは永遠に背を向け合っている。

オーディは立ち止まり、膝裏の筋肉が伸びるのを感じつつ消火栓に足をかける。とある二階建ての家を盗み見る。切妻屋根を具えた家で、三方がしゃれたポーチに囲まれている。

ガレージには扉が三つあり、その前のコンクリートの地面で十代半ばの少年がスケートボードに乗っている。オリーブ色の肌に褐色の髪を持ち、動きはなめらかで美しい。ベニヤ板一枚とブロックふたつで傾斜台が作られている。少年はスケートボードに乗って走りだし、二、三度力強く地面を蹴って勢いをつけたあと、その台を使って飛びあがり、足の動きで巧みにボードの向きを変えて着地する。

少年は顔をあげて日差しを手でさえぎり、オーディはそれを見て息を呑む。走りつづけたいが、脚が動かない。額が向こうずねにつきそうなほど体を折り曲げる。背後でタイヤがペカンナッツの実を踏みしだく音が響き、車が私道に乗り入れたのがわかる。少年はスケートボードを足ではねあげ、手で受け止めてから、脇へ退《しりぞ》く。ガレージの扉が開き、車が中へはいる。食料品の茶色い紙袋をかかえた女が現われる。青いジーンズに低い靴、白いブラウスというでたちだ。紙袋を少年に手渡すと、私道をこちらに向かって歩いてくる。一瞬、オーディは動揺する。女はかがんで新聞を拾いあげた拍子にオーディに気づき、腋の下にできた汗の輪と、額に張りついた髪に目を留める。

「ランニングにはぴったりの朝ね」

「そうですね」

ブロンドの巻き毛を払いのけると、緑の目がのぞく。耳たぶでダイヤモンドのピアスが輝く。

「このあたりにお住まい？」

「越してきたばかりです」

「見かけない顔だと思ったの。お宅はどちら？」

「リバーバンク・ドライブです」

「あら、いいところね。ご家族は？」

「少し前に妻を亡くしまして」

「ごめんなさい」

小さな白い歯を舌でなぞる。オーディは広々とした芝生へ目をやる。先ほどの少年がスケートボードに乗ったまま、くるりとまわろうとする。バランスを崩して、転びそうになる。また試みる。

「どうしてウッドランズに越していらっしゃったの？」

「ある会社の会計監査をしていましてね。二、三か月で終わる仕事ですが、会社側が住まいを用意してくれたんです。広すぎますけど、会社持ちですから」背中の汗が乾いてくる。家のほうを手で指し示す。「お宅ほどすてきじゃありませんが」

「ぜひカントリークラブに入会してね。ゴルフはなさる？」

「いえ」

「テニスは？」

オーディは首を横に振る。

女は微笑む。「そのほうが迷わなくていいものね」

少年が大声で空腹を訴える。女は振り返って、ため息をつく。「マックスは、冷蔵庫のなかのミルクがモーとでも鳴かないと、どこに何がしまってあるかもわからないの」

「マックスという名前なんですか」

「そう」女は片手を差し出す。「わたしはサンディ。夫はこの地域の保安官よ。どうぞよろしく」

13

モスはシャツのポケットを叩いて、現金入りの封筒があることをたしかめる。納得すると、ラミネート加工されたメニューをながめまわし、口のなかにたまる唾を呑みこむ。値段を見る。ハンバーガー一個が六ドルだと？

ウェイトレスは黒っぽい目をした蜂蜜色の肌の娘で、赤いブラウスと白いショートパンツを身につけている。育ちのよい男子学生に気に入られるタイプで、さぞたくさんのチップをもらえるにちがいない。

「ご注文はお決まりですか」手にしているのは紙の注文書ではなく、小さな黒い箱だ。

モスは選んだものを早口で伝える。「パンケーキ。ワッフル。ベーコン。ソーセージ。スクランブルエッグと、ポーチドエッグと、目玉焼きと、それから、あのどろっとした卵のソースはなんて言ったっけ」

「オランデーズソースです」

「そう、それを少し。あとはハッシュドポテトと、豆と、スコーンのグレイビーソースがけだな」

「あとからお連れさまがいらっしゃるんですか」

「来ないよ」

ウェイトレスは注文を見なおす。「あたしをからかってるの？」

モスはウェイトレスの名札を見て言う。「いや、アンバー、からかってなんかない」

「これを全部食べるって？」

「そう。太鼓腹をかかえて、えっちらおっちら店から出てくのさ」

アンバーは鼻に皺を寄せる。「ごいっしょに飲み物はどう？」

「コーヒーとオレンジジュースを」ことばを切って、考える。「グレープフルーツジュースはあるかな」

「はい」

「それも頼む」

アンバーが厨房へ去ると、モスは携帯電話を取り出す。なんと小さくなったんだろう。

以前はスパイやスーツ姿の男たちが持ち運ぶ煉瓦の塊のような代物だった。これはまるでアクセサリーかライターだ。映画やテレビでは──刑務所で駄々《だだ》っ子よろしくせがんで見せてもらったものだが──みなモールス信号でも送るかのように画面を叩いていた。

だれにかけようか。まずはクリスタルと話したいが、この件に巻きこみたくはない。最後にしっかり抱いてから、もう十五年も経つ。刑務所では強化ガラス越しにことばを交わすだけで、手を握ることもできず、毎回そうやって一時間過ごすと、クリスタルはサン・アントニオへ帰って歯科衛生士の仕事にもどった。

やつらが盗聴していたら、どうしよう。そんなことが可能なのか。オーディ・パーマーを見つけたら、まちがいなく約束を守るのか。おそらく守るまい。いずれにせよ、都合よく利用されるのが落ちだ──終始笑みをたたえながら、口先の指示とは別のことを企んでいるにちがいない。

金を見つけられれば、新たな道が開けるかもしれない。七百万ドルあったら、自分の国でも、島でも、新しい身分でも、新しい人生でも、すべて手にはいる。悪魔の旅行会社に頼めば、地獄から抜け出す切符を買えるだろう。

オーディとは長く友達だったが、自分の命が危険にさらされたいま、それがなんだというのか。刑務所内の友情は、生き延びて互いに利益を得るためのもので、敬意や忠誠とは無関係だ。なぜオーディは脱獄の計画を話してくれなかったのか。モスはオーディが生き長らえる手助けをした。後ろから見守ってやった。所内の図書室の仕事を世話し、隣同士の監房になるように手をまわし、夜には駒の動きを書いた紙切れをコンクリートの床伝いに渡し合ってチェスをした。オーディは打ち明けるべきだった。そのくらいの義理はあったはずだ。

料理人が厨房から現われる。肌の浅黒いがっしりしたメキシコ人で、にきび跡だらけの頬は嚙みつぶした鉛筆の尻を思わせる。アンバーがこちらを指さす。料理人が納得したようにうなずき、アンバーがコーヒーとオレンジジュースを運んでくる。

「どうした」モスは言う。

「先に代金を払ってほしいんですって」

「なんで？」

「会計の前に逃げられてしまうと困るから」

モスはポケットから封筒を取り出し、二十ドル札を三枚数える。

アンバーが目をまるくして封筒を見ている。モスはさらに十ドル札を渡す。「これは、きみにだ」

「これでどうかな」

アンバーは金を尻ポケットに滑りこませ、かすれたような少しひそめた声を発する。モスは懐かしい疼《うず》きを感じる。自分はアンバーの父親と言ってもいい歳だが、感じるのだからしかたがない。この娘には苦しみも憎悪もなく、人生の汚点も、タトゥーやピアスも、色あせたり疲れたり倦《う》んだりしたところもない。なんの屈託もない高校生活を送り、男の子にもてはやされ、フットボールの試合でポンポンを振り、側転をしてアンダースコートとまばゆい笑顔をちらつかせていたのだろう。いまは大学にかよい、アルバイトでウェイトレスをしている。両親にとって自慢の娘にちがいない。

「公衆電話はあるかな」

アンバーはモスの携帯電話をちらりと見るが、何も言わない。「裏のトイレのそばよ」

アンバーから釣り銭をもらう。番号を押す。発信音が数回聞こえる。クリスタルが出る。

「やあ、ベイビー、おれだよ」

「い、モス？」

「正真正銘、おれさまだ」

「日曜はめったに電話してこないのに」

「いまどこにいると思う？　ぜったいあてられないだろうけど」

「からかってるの？」

「レストランですてきな朝食を食べるところだ」

二拍の沈黙が流れる。「クスリでもやってるんでしょ」

「いや、ベイビー、まったくのしらふだよ」

「抜け出したの？」

「いや」

「じゃ、どうしたの？」

「釈放されたんだ」

「なぜ？」

「話せば長い――ここまで来てくれたら説明するよ」

「いまどこにいるの？」

「ブラゾリア郡」

「うちにもどるつもり？」

「仕事がすむまでは無理だ」

「なんの仕事よ」

「ある男を見つけろって」

「だれ？」

「オーディ・パーマー」

「脱獄犯じゃない！　ニュースで見た」

「おれが居場所を知ってると思われてるんだ」

「知ってるの？」

モスは笑う。「ぜんぜん」

クリスタルはちっともおかしいと思わないらしい。「だれにそんなことを頼まれたの？」

「雇い主さ」

「信用できる人?」

「いや」

「やだ、モス、あなた、何をやらかしたのよ」

「落ち着けよ、ベイビー、なんとかするから。それより、おまえに会いたくてたまらないんだ。あそこがギンギンになっちまって、ダンボも嫉妬《しっと》しそうなほどなんだよ。わかるだろ」

「やめて、いやらしい」クリスタルは叱りつける。

「ほんとなんだ、ベイビー。あまりにギンギンで、目のまわりの皮まで引っ張られて夜も眠れない」

「だまんなさい」

モスは携帯電話の番号を教え、ダラスで会おうと言う。

「どうしてダラスなの?」

「オーディ・パーマーの母親が住んでるんだ」

「いますぐ何もかも投げ出してダラスへ行くなんて無理よ」

「おれの話、聞いてたのか? あそこがギンギンすぎて――」

「わかった、わかった」

14

兄のカールが非番の警官を撃った日、オーディは夕食の時間になっても家へ帰らなかった。高校のバッティングケージで球を打ってから、友達の家へ寄って、芝刈り機を借りた。大学へもどる前に何軒かの芝を刈って、いくらか小遣《こづか》い稼ぎをしようと思ったからだ。芝刈り機を押してひび割れた道を歩きながら、角を曲がり、自宅のある通りにはいった。通行人のだれにでも吠えかかるヘンダーソン家の犬を避けて道を渡ったとき、回転灯を点《つ》けた数台のパトロールカーに気づいた。オーディのおんぼろのシボレーが路肩に寄せて停めてあり、ドアとトランクが開いている。

近所の人たちが家から出てきていた――プレスコット家、ウォーカー家、そしてメイソン家の双子――顔なじみの面々が、レッカー車がウィンチを巻きあげてシボレーを荷台に載せるのをながめている。

オーディはやめろと叫んだが、ひとりの保安官助手が車のボンネットに寄り添っているのが見えた。片目をつぶり、腕を伸ばして両手で銃を構えている。

「手をあげろ！　撃つぞ！」

オーディはためらった。強い光を向けられて目がくらむ。芝刈り機から両手を放して、こぶしで空《くう》をつかんだ。保安官助手がさらに何人か、暗がりから横走りで現われた。

「その場でしゃがめ」

オーディは膝を突いた。

「そのまま地面に伏せろ」

腹這いになった。だれかが背中に乗る。別のだれかが膝で首根っこを押さえつけた。

「おまえには黙秘する権利があり、質問に答えなくてもかまわない。いいか」

首を動かせないので、うなずくこともできない。

「発言の内容は、法廷で不利な証拠として扱われる場合がある。わかったな」

なんとか声を出そうとする。

「弁護士に依頼する余力がなければ、無料の公選弁護人をつけることができる」

手錠をかけられる。仰向けにされ、ポケットの中身を検《あらた》められる。金を没収される。パトロールカーの後部座席に押しこまれる。保安官が隣に乗りこんだ。

「兄貴はどこだ」

「カールですか」

「ほかに兄弟がいるのか」

「いいえ」

「やつはどこにいる」

「知りません」

オーディはサウス・ラマー・ストリートにあるジャック・エヴァンズ警察本部へ連れていかれ、取調室で二時間待たされた。水を一杯ほしい、トイレに行かせてくれ、電話を一本かけたいと頼んだが、だれも聞く耳を持たなかった。ようやくひとりの刑事が現われ、トム・ヴィスコンテと名乗った。一九七〇年代のテレビドラマに出てくる警官のようなくせ毛の持ち主で、頭にサングラスを載せている。オーディの向かいにすわり、目を閉じた。数分が過ぎた。居眠りしているのかとオーディが思いはじめたころ、何度かまばたきをして、ぼそりと言った。「DNAのサンプルを採りたい」

「どうして？」

「拒否するのか」

「いいえ」

別の警官がはいってきて、オーディの頬の内側を綿棒でぬぐい、それを試験管に入れて栓《せん》をした。

「ぼくはなぜ拘束されてるんですか」

「殺人の共犯だ」

「殺人って？」

「きょうの午後、ウルフの酒屋であったやつさ」

オーディは目をしばたたいた。

「いい表情だな。陪審には効果的かもしれん。おまえの車が現場から去っていくところを目撃されてるんだ」

「ぼくは運転してません」

「じゃあ、だれがしてたんだ」

オーディは答えられない。

「カールがいっしょにいたことはわかってる」

「酒屋へは行ってません。バッティングケージで球を打ってましたから」

「球を打ってたなら、バットはどこだ」

「友達の家です――芝刈り機を借りたんで」

「作り話だろ」

「ちがいます」

「信じられんな」ヴィスコンテが言った。「自分でも信じられんだろう。一分やるから、ほんとうのところを思い出せ」

「何も変わりませんよ」

「カールはどこだ」

「同じことばかり訊くんですね」

「なぜやつはアロヨ巡査を撃ったんだ」

オーディはかぶりを振った。議論は堂々めぐりだ。まるで監視カメラの映像と目撃者の証言の裏づけがあるかのように、刑事は話した。一方、オーディは首を左右に振り、誤解だと言いつづけた。そのとき、同級生の女の子に道で出くわしたことを思い出した。アシュリー・ナイト。ガソリンスタンドで、タイヤに空気を入れるのを手伝ってやった。大学生活はどうかと尋ねられた。アシュリーはウォルマートで働きながら美容系の専門学校にかよっている。

「それは何時だ」

「六時ごろです」

「調べよう」ヴィスコンテはまったく信じていない口ぶりで言った。「だが、事態はおまえに不利だと言っておくぞ、オーディ。警察官を殺せば、たとえ共犯でも電気椅子送りになる。どちらが引き金を引こうと、陪審には関係ない――むろん、警察に協力して、もうひとりの居場所を吐けば、話は別だがな」

オーディは壊れたレコードを聞いている気分になってきた。何度同じ話をしても、曲解され、揚《あ》げ足をとられる。警察の話によると、カールは撃たれたらしい。出血していて、治療を受けないと死ぬ可能性があるという。オーディが居場所を教えれば助かるかもしれない、と。

三十六時間後、尋問は終わった。途中でヴィスコンテはアシュリーと話し、ガソリンスタンドの監視カメラの映像を確認していた。オーディは金を持っていなかったので、歩いて帰った。両親はまる二日間、家にこもっていた。家の外に詰めかけた記者たちが芝生をコーヒーの紙コップだらけにし、人々の顔にマイクを突きつけていた。

夕食の席では、ひとことも交わされなかった。食べ物がまわされた。ナイフとフォークが皿にあたって音を立てた。壁の時計が時を刻んだ。父はいまにも消え入りそうで、骨と皮ばかりになっていた。知らせを聞いたバーナデットがヒューストンから車で駆けつけた。看護師の実習を終え、街の病院で職を見つけたばかりだった。四日目には記者の数も減った。カールからの連絡はなかった。

その週の日曜日、オーディはボウリング場の仕事に遅刻した。バスを二本乗り継ぎ、残りの半マイルを歩かざるをえなかったからだ。警察はまだシボレーを返してくれず、殺人課の証拠物件Aのままだった。

オーディは遅れたことを謝った。

「帰っていいぞ」オーナーが言った。

「でも、シフトがはいってるんです」

「代わりを入れた」

オーナーはレジスターをあけ、未払い金として二十二ドルを渡した。「そのシャツを返してくれ」

「着替えがありません」

「おれの知ったことじゃない」

オーナーは譲らなかった。オーディはシャツを脱いだ。上半身裸ではバスに乗せてもらえないので、家までの七マイルの道のりを歩きだした。シングルトン・ブールバードにあるゲイリー中古車販売店の向かいで、一台の小型トラックが横に停まった。運転していたのはカールのドラッグ仲間のコリーン・マスターズという若い女だった。髪を脱色して睫《まつ》毛《げ》にマスカラをたっぷり塗った美人だが、そわそわと落ち着きがない。

「乗って」

「シャツを着てないんです」

「見りゃわかるよ」

オーディは助手席に乗りこんだが、冬の寒さで青白くまだらになった裸の胸が気になってたまらなかった。コリーンはミラーをちらりと見て、車の流れに合流した。

「どこへ向かってるんです」

「カールのところ」

「病院ですか」

「あれこれ訊くの、やめてくれる？」

それからはどちらも口をきかなかった。トラックは荒っぽい音を立てて進み、ベッドフォード・ストリートの鉄道線路脇にある廃品回収場にはいった。オーディはトラックの座席に置かれた茶色い紙袋に気づいた。包帯。痛み止め。ウィスキー。

「兄はどのくらい悪いんですか」

「自分の目でたしかめなさいよ」

コリーンは枝をひろげたナラの木の下にトラックを停め、オーディに紙袋を押しつけた。

「もうたくさん。あたしじゃなくて、あんたの兄貴なんだから」

トラックのキーをほうり投げて、歩き去った。カールは管理事務所の小屋で、二段ベッドに体をまるめていた。包帯から血がにじみ出ている。そのにおいに、オーディの胃はせりあがった。

カールが血走った目をあけた。「よう、オーディ。何か飲み物を持ってきてくれたか」

オーディは紙袋を下に置いた。カップにウィスキーを注いで、カールの唇へ運ぶ。肌が病的なまでに黄色く、オーディの指先にもその色が染みつきそうだ。

「救急車を呼ぶよ」

「だめだ」カールは大きく息をついた。「呼ぶな」

「死んでしまう」

「だいじょうぶだ」

オーディは小屋を見まわした。「ここは？」

「もとは廃品回収場だった。いまじゃ、ただのがらくた置き場だ」

「どうしてこんなところを知ってたんだ」

「友達が働いててな。鍵の隠し場所も、いつも同じだったよ」

カールは咳きこみはじめた。全身を大きくうねらせる。顔をゆがめたので、歯についた血が見えた。

「助けを呼ぶよ」

「だめだと言ったろ」

「兄さんが血を流して死んでいくのを、ただ見てるわけにはいかない」

カールは枕の下から拳銃を取り出すと、オーディの頭に狙いを定めた。「刑務所にもどりたくないんだ」

「ぼくを撃てるわけがない」

「そう言いきれるか？」

オーディはもう一度すわりこんだ。膝がベッドのへりに接している。カールはウィスキーの瓶へ手を伸ばし、茶色い紙袋をのぞきこんだ。

「おれのブツはどこだ」

「ブツって？」

「裏切り者め！　あの女、約束したんだぞ。ひとつ忠告をしてやろう、ぜったいにヤク中を信用するな」

カールの手は震え、額には汗が噴き出ていた。目を閉じると、目尻の三角州に似た皺に涙がにじんだ。

「頼むから、救急車を呼ばせてくれよ」オーディは言った。

「この痛みを取り除いてくれるのか」

「うん」

「買ってきてもらいたいものを言う」

「クスリは買わないよ」

「どうして？　金はあるんだろ。貯めこんでたじゃないか。あれを使えばいい」

「使わない」

「おれには必要なんだ」

オーディは首を横に振った。カールは大きく息を吐き、濁った音を発した。しばらくのあいだ、ふたりとも黙していた。強烈な悪臭を放つ包帯の上を一匹のハエが歩きまわり、膿《う》みと乾いた血で腹を満たしていた。

カールが沈黙を破った。「よくコンロー湖へ釣りに出かけたこと、覚えてるか」

「うん」

「ワイルドウッド・ショアーズの近くの丸太小屋に泊まったな。見栄《みば》えは悪かったけど、すぐそばの桟橋《さんばし》で糸を垂らせば魚が釣れた。おまえは十五ポンドもあるバスを釣りあげたんだ。まったく、あのときは、ボートから水中に引きずりこまれちまうかと思ったよ。おれがベルトをつかんでてやらなきゃいけなかった」

「糸をぴんと張っとけって怒鳴《どな》ってたな」

「魚を逃したくなかったんだ」

「怒ってるのかと思った」

「なんで？」

「あれは兄さんの魚だったから。兄さんはぼくに釣り竿を持たせて、クーラーボックスにはいってる父さんのビールをとりにいった。そのとき、たまたま魚が食いついたんだ」

「怒ってなんかないさ。誇らしかったんだ。ジュニアの部の州最高記録だぞ。新聞やら何やらに載ったじゃないか」カールは微笑んだが、ただ顔をしかめただけなのかもしれない。「ああ、あのころは楽しかったなあ。水がすごく透きとおっててさ。トリニティ川なんかと比べ物にならない。あの川に似合うのは死体とヨウジウオみたいな変な魚ぐらいだ」息をつくと、また喉が鳴った。「あそこへ行きたい」

「コンロー湖へ？」

「ちがう、川だ、川が見たい」

「病院以外へは行かないよ」

「川へ連れてってくれ。そのあとは好きにしていいから。約束する」

「どうやって行くのさ」

「トラックがあるじゃないか」

オーディは窓の外の廃品回収場へ目をやった。二十年は使われていない錆びついた貨物列車がある。破れたカーテンが亡霊のように揺れていた。どうすればいいのだろうか。

「川へ連れていくけど、そのあとは病院だ」

オーディの意識がゆっくりと現在にもどる。垂れさがった柳の枝の下からさっきの家をこっそり観察し、少年のことを考える。名前はマックスだと母親が言っていた。十五歳ぐらいに見え、骨格のしっかりした逆三角形の顔に褐色の目がやや離れて並んでいた。十五歳の少年はどんなものが好きだろう。女の子。アクション映画。ポップコーン。ヒーロー。コンピューターゲーム。

日曜の真昼で、影は一日の最も暑い時間を避けるかのように木々の下で縮こまっている。マックスは家を出て、スケートボードで舗装道路を飛ばし、道のひび割れを跳び越えたり、犬を散歩させている婦人を避けたりして進んでいく。ウッドランズ・パークウェイを渡り、北のマーケット・ストリートへ向かう。ショッピングモールのザ・ミューズという区画でソーダをひと缶買い、セントラル・パークのベンチでまぶしい日差しを浴びながらスニーカーでスケートボードを揺り動かす。

背後と左右を確認してから、煙草を唇にくわえ、両手で包むようにしてマッチで火をつける。火を消したときの煙が吐き出した煙と混ざり合う。オーディはマックスの視線を追って、ある店のショーウィンドウで飾りつけをしている少女に目を留める。少女はプラスチックのマネキンに禿げ頭のほうからワンピースをかぶせ、肩からくびれた腰へと着せていく。マックスと同い年か、少し年上かもしれない。かがむとスカートがずりあがり、ショーツが見えそうになる。マックスはスケートボードを拾いあげ、膝に載せる。

「まだ煙草を吸える歳じゃないだろ」オーディは声をかける。

「十八だけど」マックスがさっと振り向き、声を一オクターブさげて言う。

「きみは十五歳だ」オーディは腰をおろし、ミルクココアの紙パックをあける。

「どうして知ってるんだよ」

「ただ知ってるのさ」

マックスは煙草の火を揉み消し、両親の知り合いかどうかを推し測ろうとしてオーディを観察する。

オーディは片手を差し出し、本名で自己紹介する。マックスはその手を見つめる。「けさ、母さんと話してた人だよね」

「そうだ」

「煙草を吸ってたこと、母さんに言う？」

「いや」

「なぜここにすわってるの」

「脚を休めたくてね」

マックスはふたたびショーウィンドウを見やる。マネキンに重たげなネックレスをつけていた少女が体の向きを変えて窓の外へ目を向け、こちらに手を振る。マックスは照れくさそうに手を振り返す。

「だれだ」

「学校の子」

「名前は？」

「ソフィア」

「彼女か」

「ちがうよ！」

「でも好きなんだろ」

「そんなこと言ってない」

「美人だな。話しかけたことは？」

「よくつるんでる」

「それはどういう意味だ」

「同じグループにいる――そんな感じだよ」

オーディはうなずいて、ミルクココアをもうひと口飲む。

「きみぐらいの歳だったころ、好きな女の子がいた。名前はフィービー・カーター。どきどきしすぎて、いつもデートに誘えなかった。ただの友達だと思われてる気がしてな」

「それで？」

「いっしょに〈ジュラシック・パーク〉を観にいった」

「みんな観てるよ」

「そのころ封切られたばかりで、ずいぶんこわかったよ。フィービーはすっかり怯《おび》えて、膝に飛び乗ってきた。おかげで映画のことは何も覚えてない」

「ばかだな」

「もしフィービー・カーターが膝に乗ってきたら、きみもばかだなんて思わないさ」

「思うな。だって、フィービー・カーターはもうおばさんだから」

オーディは笑い、マックスも笑った。

「ソフィアを映画に誘ってみたら？」

「彼氏がいるんだ」

「だからどうした。きみが失うものはないじゃないか。ぼくが以前知り合ったある女性は、ほんとうにひどい男と付き合ってた。別れるように勧めたんだけど、本人はそのままでいいと思ってた。でも、救いの手が必要だったんだ」

「ひどい男って、どんな？」

「無法者で、彼女はその奴隷《どれい》だった」

「奴隷なんて、とっくにいないよ。一八六五年に解放されてる」

「ああ、一部はね」オーディは言う。「でも、形を変えて、まだたくさん残ってる」

「で、どうなったの」

「その女性を男から逃がしてやらなきゃいけなかった」

「危険な男だった？」

「ああ」

「追ってきた？」

「そうとも言えるし、そうでないとも言える」

「どういうこと？」

「いつか話してやるよ」

五十ヤードほど離れたところで、制服姿の保安官助手がサンドイッチをかじりつつ、こちらを見ている。最後のひと口を食べ終えると、シャツからパン屑を払い落としながら、ぶらぶらとベンチまでやってくる。

マックスが顔をあげる。「こんにちは、ミスター・ジェラード」

「お父さんは？」

「きょうは仕事です」

保安官助手はオーディに物珍しげな視線を向ける。「どなたかな」

「マックスとちょっと世間話をしてました」オーディが言う。

「このあたりに住んでるのか」

「マックスの家のすぐそばに越してきたばかりです。お母さんとも、けさお会いしました」

「サンディか」

「すごく親切そうな人ですね」

保安官助手はうなずき、サンドイッチの包みをごみ箱へほうる。それから帽子のふちに指をあてて、別れの挨拶をする。オーディとマックスはその背中を見守る。

「なんでぼくの名前を知ってたの？」マックスが尋ねる。

「お母さんが言ってた」

「それに、さっきからずっとぼくを見てるのは？」

「きみを見てると、ある人を思い出すんだ」

マックスはまたショーウィンドウへ目をやる。もうソフィアの姿はない。

「さっき言ったことを忘れるなよ」オーディは立ちあがりながら言う。

「なんの話？」

「ソフィアをデートに誘うこと」

「ああ、そうだね」マックスはその気がなさそうに答える。

「それと――頼むから、煙草はやめるんだ。喘息《ぜんそく》によくない」

「なぜぼくが喘息持ちだって知ってるの？」

「ただ知ってるのさ」

15

キャシーがオーディの腹を思いきり殴る。

「あたしの車を盗むなんて！」

「借りただけだよ」オーディは苦しげに言う。

「ばかにしないで。先に頼まなきゃ、借りるとは言わないの」

「きみがよく眠ってたから」

「そんなの、裁判になったらどこまで通用する？　あたしを見くびらないで」指をほぐす。

「もう、こっちの手が痛い！　あんたってコンクリートでできてるんじゃない？　いったいどこ行ってたのよ」

「クレジットカードを再発行してもらわなきゃいけなくて」

「きょうは日曜よ。銀行関係はあいてない」

「どうしても会いたい人がいた」

「だれよ」

「姉だよ、ヒューストンに住んでる」

「あんたのお姉さん?」

「そう」

「どうしていっしょに住まないの?」

「しばらく会ってなかったんだ」

キャシーはまったく信じたふうではない。スタンガンを振りかざして言う。「これを一発食らいたい?」

以前キャシーのなかに見いだしたやさしさは怒りと激情の殻に隠れ、防御の姿勢が芽生えている。キャシーは背を向けてスーツケースをベッドに引きあげる。スカーレットはベッドにうつ伏せで寝そべって、ディズニーチャンネルを見ている。

「さ、もう行くよ」

「でも、ここにいたい」スカーレットが言う。

「言われたとおりにしなさい!」

キャシーは湿った洗濯物をバスルームからとってきて、スーツケースに詰めこむ。

「車のことは、ほんとうに悪かったよ」オーディは言う。「もう二度としない」

「はい、はい」

「夕食をおごるよ——どこかいい店へ行こう」

スカーレットが期待のこもった目で母親を見つめる。

「ガソリンは使いきったの？」キャシーが訊く。

「満タンにしてある」

「そう。じゃ、夕食に行って、そのあとお別れよ」

　キャシーが店を選び、デニーズへ車を走らせる。ラミネート加工されたメニューには、ですべての料理が写真つきで載っている。「自分の食べるものを、ちゃんと目でたしかめられるほうが好きなの」キャシーはそう説明して、ステーキと皮ごと焼いたジャガイモを注文する。絵を描いている。スカーレットはミートボール入りのスパゲティを頬張りながら、折れたクレヨンで絵を描いている。食べ終えて、皿が片づけられ、デザートをどうするかと話し合うころには、キャシーも態度を和らげている。

「もし百万ドルあったら、どうする？」これまでの会話のつづきのような調子で、キャシーが尋ねる。

「母さんに新しい腎臓《じんぞう》を買う」

「腎臓に問題でも？」

「調子がよくなくてね」

「新しいのを買うにはいくらかかる？」

「わからない」

「買っても、いくらか残るはずよね。百万ドルもかかるはずないもの――たったひとつの腎臓に」

オーディはうなずき、百万ドルあったらキャシーはどうするつもりかと尋ねる。

「あたしは家を買って、すてきな服を買って、新しい車を買う。それか、自分の店を開く――もしかしたら、その全部できるかも」

「お父さんに会いにいくのか」

「札束で顔を拭いてやりにね」

「かっとなると、人は思ってもないことを言うものだ」

キャシーはだまりこみ、テーブルについたグラスのまるい跡を指でなぞる。「だれなの」

「えっ？」

「ゆうべ、眠りながら女の人の名前を何度も呼んでた」

オーディは肩をすくめる。

「親しい人ね。彼女？」

「いや」

「奥さん？」

オーディは話題を変え、スカーレットに何を描いているのかと問いかけて、色を選ぶのを手伝ってやる。会計をすませたあと、三人で夜店をぶらつき、小物を手にとってみたり、もとへもどしたりする。

モーテルに着くと、オーディはバスルームにこもって鍵をかけ、鏡に映った自分の姿をじっくり見る。リュックサックからバリカンを取り出し、小さな芝地を刈るように頭皮に沿って前後に走らせる。黒っぽい髪の房が洗面台に浮かぶ。それからシャワーの下に立ち、両腕をひろげて顔に湯を浴びる。バスルームから出たときには、入隊したかのような風貌《ふうぼう》になっている。

「なんで髪を切っちゃったの？」スカーレットが尋ねる。

「感じを変えたくてね」

「さわっていい？」

スカーレットはベッドの上に立ち、短い釘のような毛を手のひらでなでて、くすくす笑う。急に動きを止める。「これ、なあに」

傷跡がいくつもあるのを見つけたのだろう。髪が短くなったせいで、目につきやすくなったわけだ。キャシーがやってきて、オーディの頭を両手でつかみ、ランプのほうへ向ける。粉々になった花瓶を接着剤でつなぎ合わせて、もとの形にしたかのような頭だ。前腕にはさらに多くの傷があり、つぶれた灰色のミミズを思わせる跡が筋肉にまとわりついている。戦ってできた傷。刑務所の土産《みやげ》だ。

「だれがこんなことを？」

「連絡先も知らないやつだよ」

キャシーはオーディを押しのけて、バスルームへ向かう。バスタブに湯を張り、スカーレットがそこで遊んでいるあいだに引き返す。向かいのベッドに腰かけ、膝の上で両手を組んで、オーディを見つめる。オーディは長袖のシャツを着て、前腕を隠している。

「いったいどういうこと？」

オーディは顔をあげてキャシーを見つめ、質問の意味を考える。

「そのサングラスと野球帽。それに、監視カメラのそばを通るたびに下を向くこと。こんどは髪をすっかり剃るなんて。逃亡者か何か？」

オーディはむしろ気楽になり、大きく息を吐く。「ちょっと追われてるんだ」

「麻薬の売人に？　それとも犯罪組織か、取り立て屋か、警察？」

「話せば長いんだ」

「だれかを傷つけたの？」

「そんなことはしてない」

「十戒を破ったとか？」

「いや」

キャシーはため息を漏らし、小さな女の子のように片足をもう一方の足に重ねる。ことばを発するたび、眉が上下する。眉が濃く塗られたかのように見えるのは、派手やかな金髪のせいだ。

「あたしに嘘をついて、車を盗んだだけでもとんでもないのに――」

「犯罪者じゃないさ」

「行動は犯罪者そのものよ」

「そのふたつはまったく意味がちがう」

タオルにくるまったスカーレットが、バスルームのドアのあたりに現われる。蒸気で髪のカールがとれている。

「あたち、車で寝たくない、ママ。ここにいてもいいでちょ？」

キャシーはためらい、氾濫《はんらん》した川で浮き木につかまるように、娘を引き寄せて両の腕と脚でしっかり抱きしめる。娘のむき出しの肩越しにオーディをちらりと見る。

「もうひと晩だけよ」

16

ふだん、ライアン・バルデスはパトロールカーで帰宅しない。目立ちにくいから小型トラックを使うが、BMWやベンツや高級なSUVばかりが走るウッドランズではあまりにも安っぽい。

トラックに乗っていると無教養な田舎者みたいに見える、とサンディは言う。

「おれはどうせ無教養な田舎者だよ」

「そんなこと言わないで」

「どうして?」

「まわりと合わなくなるから」

まわりと合うことはサンディにとっては重要で、乗っている車より制服のほうを恥じている節《ふし》がある。近所の人たちは公安組織を軽んじてはいないし、重責を果たしていると認めているが、郡保安官と親しくなりたいわけではないらしい。それはいささか近すぎると感じるのだろう――肛門科の医師と食事をするのと同じだ。

カントリークラブの会員権を得るのにも、一年近くかかった。しかも、叔父のヴィクター・ピルキントンが裏から手をまわしてくれたから実現したことだ。それまでにも、自宅でバーベキューやワインの会を催し、サンディは読書クラブをはじめたのに、門戸が開かれたり相手から招待されたりにはならなかった。ウッドランズで暮らすことはかつての高校生活に似ていて、ガリ勉やスポーツ好きや音楽マニアやチアリーダーがいない代わりに、社会主義者や子育てを終えた親やカントリークラブのメンバーや共和党員（愛国主義者）や民主党員（社会主義者）がいる。バルデスは自分がどこに合うのかわからない。

私道に車を乗り入れ、ガレージの扉が開くのを待つあいだに、豪華な自宅の屋根板と煉瓦をながめる。これを建てるのに百万ドル以上かかった。背の高いアーチ窓が午後の陽光を反射し、芝生には黒い影が重油の染みのように点々と散っている。

家のなかを歩きながら大声で呼びかけるが、家族は留守らしい。冷蔵庫からビールをひと缶とって、テラスへ出る。マックスがプールを往復しているのに気づく。ゆったりとしたクロールで端まで行っては、体をひるがえして空を仰ぎ、背泳ぎで帰ってくる。水が両肩から流れ落ちる。向こう端まで行くと、泳ぐのをやめる。水中に立つ。

「やあ」

マックスは答えない。

「母さんはどこだ」

マックスは肩をすくめる。

バルデスは別の話題を探す。話しかけるのがこんなにむずかしくなったのは、いつからだろう。マックスは水からあがり、タオルを腰布のように巻きつける。午後遅くの陽光が芝生を黄色く輝かせている。マックスはデッキチェアに腰かけて、毒々しい色をした缶の飲み物を口に含む。

「夕食のことを何か言ってたか」バルデスは尋ねる。

「何も」

「何か用意しようか」

「これから出かけるんだ」

「どこへ？」

「トビーのとこ。生物の宿題があって」

「どうしてトビーがうちへ来ないんだ」

「向こうが課題を持ってるんだよ」

「そもそもトビーって、父さんの知ってる子か」

「さあね。父さんが知ってるかって？　トビー本人に訊くしかない」

「父親にそんな口をきくんじゃない」

「どんな口？」

「わかるだろう」

マックスはさっぱりわからないと言いたげに両肩をあげる。バルデスのなかで何かがはじけ、マックスの髪をぐいとつかんで引きあげる。視界がせばまり、ステンドグラスの窓越しに世界が見えるかのようだ。

「そんな口をきいていいと思ってるのか。おまえの頭の上に屋根をかけてやってるのは、おれだ。おまえの胃に食べ物を送りこんでやってるのは、おれだ。おまえが持ち歩いてる携帯電話も、おまえが着てる服も、おまえの部屋にあるコンピューターも、みんなおれが金を出してる。だから、礼儀正しくすることだな。さもなきゃ、そのプールに沈めてやる。わかったな」

マックスは涙をこらえてうなずく。

手を放すとすぐ、バルデスはまごついて、謝りたくなるが、マックスはすでにプールサイドの小屋へと歩き去り、ドアを閉めてシャワーを浴びはじめる。バルデスが自分を罵りながらビールの缶を力いっぱいほうり投げると、缶は芝生の中ほどで跳ねて、口から泡をあふれさせる。悪いのはマックスだ。あんな態度をとる資格はない。だが、あいつは母親に告げ口して、事態をさらに悪くするだろう。サンディはいつものようにマックスの肩を持つはずだ。息子があんな態度さえとらなければ。もう少し敬意を示してくれていたら。マックスとのあいだに、もう共通点は何もない。テキサス・レンジャーズの試合をいっしょに観ることもないし、Xboxで遊ぶこともないし、サンディの料理をからかうこともない。

幼いころのマックスの姿が記憶から呼び起こされる──カウボーイハットをかぶって、保安官助手の手を握った小さな男の子。ふたりは親友だった。父と子だった。共謀者だった。仲よしだった。怒りが引いていく。マックスのせいではない。息子は十五歳。ティーンエイジャーとはこういうものだ──親に抗《あらが》い、限界に挑む。バルデス自身、同じ歳のころには父との関係がどうにもならなかったが、父は口答えや生意気な物言いをいっさい許さなかった。

サンディいわく、これは子供が通らざるをえない道らしい。ホルモン。思春期。同年代からのプレッシャー。女の子。マックスもほかの少年たちと同じように、一日に四回マスターベーションをすればいいじゃないか。もっといいのは、商売の女──安全そうな相手──に引き合わせて、楽しい思いをさせてやることだ。サンディもつねづね、もっと父親と息子らしいことをすべきだと言っている。バルデスはひそかに笑う。マックスに女をあてがったと知ったら、サンディは激怒するだろう。

引き戸が開く音がしたので、振り返る。サンディがテラスへ出てきて、バルデスに腕をまわす。髪が乱れ、汗と色香の入り混じったにおいがする。

「どこへ行ってたんだ」

「ジムよ」

どこか上のほうで鷹《たか》が鳴く。あるいはミサゴかもしれない。顔をあげ、手をかざして見るが、輪郭しかわからない。

「携帯に電話したんだ。電源がはいってないようだったぞ」

「ゆうべ切って、どこかに置いたんだけど、見つからないの」

シャワーを浴び終えたマックスが小屋から現われ、芝生を歩いてくる。サンディの頬にキスをする。サンディはマックスの濡れた髪を整えてやる。学校はどうだった？　宿題は？　トビーのところで？　そう、わかった。遅くならないようにね。

その後バルデスは、サンディが食事の支度をするのをキッチンカウンターからながめる。サンディの髪は短い金髪で、毛先にカールがかかっている。青緑の瞳には不思議な魅力があり、男たちが思わず見入ってしまう。何を手がかりにして、結婚しようと口説いたのだったか。バルデスはそれが愛だったことを願う。そして、いまもそうであることを。

「つぎの週末、マックスをキャンプへ連れていこうかと思う」

「あの子があまり遠出が好きじゃないの、知ってるでしょ」

「みんなでヨセミテへ行った休暇のこと、覚えてるか。マックスは七歳ぐらいだったな。すごく楽しんでた」

サンディはバルデスの頭のてっぺんにキスをする。「そんなにがんばらなくても、だいじょうぶ」

バルデスがテラスへ通じるガラス戸に目をやると、外のプールに二羽のカモがちょうど飛んできたところだ。バルデス自身はがんばりたい、い。時計の針をもどして、マックスが生き生きとボールを蹴ったり、キャッチボールをしたりしていたころに帰れたら……。

「時間をあげて」サンディが言う。「あの子はいま、自分でも自分のことが好きじゃないのよ」

「きみはあいつをどう思ってるんだ」

「わたしたちの息子よ」

夕食がすむと、ふたりでポーチへ出て、ブランコに並んですわる。サンディは日焼けした膝の一方をかかえ、親指と人差し指でつまんだ小さな筆で足の爪を塗っている。

「仕事はどうだった？」サンディが尋ねる。

「特に何も」

「どうしてわざわざライブ・オーク郡まで行ったの？」

「ある人物のことを調べてた」

「だれ？」

「釈放予定だった受刑者。釈放の前日に逃げ出したんだ」

「なぜそんなことをしたのかしら」

「それは重要じゃない」

サンディは足をおろす。バルデスに向きなおって、説明を待つ。

「現金輸送トラックの襲撃事件を覚えてるか——生き残ったやつがいたじゃないか」

「あなたが撃った人？」

「そう。一生監禁しておくべきなのに、委員会が釈放を決めたんだ。脱獄しなくても、どのみち出てくるはずだった。だから刑務所まで出向いて、所長とじかに交渉しようと思ったんだが、パーマーはもう鉄条網を乗り越えていた」

サンディは背筋を伸ばしてすわりなおし、険しい目で見つめ返す。「その人、危険なの？」

「たぶん、いまごろはメキシコにいるよ」

サンディに腕をまわして抱き寄せると、妻はその腕を胸もとで握りしめ、頭をバルデスの肩に預けてもたれかかる。バルデスは話を終えようとしたが、そこで携帯電話に手を伸ばして画像を探す。

「これが最近のパーマーだ」一枚の写真を見せる。

サンディが目を大きく見開く。「この人に会った！」

「なんだと？」

「きょう。この家の外で」つかえながら言う。「ジョギングをしてたの。このあたりに越してきたばかりだと言ってた。だからわたし、きっとウィテカー家が住んでたところだと思ったのよ」

バルデスは立ちあがって家のなかを歩き、カーテンの隙間から外をのぞく。思考が泡立つ。窓とドアが施錠されているかをたしかめる。

「車を見たか」

サンディは首を横に振る。

「ほかにはなんと言ってた」

「奥さんを亡くして……仕事は会計監査か何かをしてるって。なぜうちへ来たの？」

「買ってやった銃はどこだ」

「二階よ」

「とってこい」

「なんだかこわい」

バルデスは携帯電話に番号を打ちこむ。警察の通信係を呼び出す。オーディ・パーマーの捜索指令を出し、この家のまわりの警備を増やすよう要請する。

「でも、もうメキシコあたりにいるって、言ってたじゃない」サンディが言う。「なぜこんなところに？」

バルデスは銃を受けとり、弾倉をしっかり取りつける。「これからはどこへ行くにもこれを手放すな」

「銃なんか持ち歩かない」

「言われたとおりにするんだ」

バルデスは鍵束をつかむ。

「どこへ行くの？」

「マックスを迎えに」

17

シェイディ・オークス・モーテルはトム・ランドリー・フリーウェイのすぐそばにある──七〇年代の建物で、サファリスーツに劣らず機能的で実用的で不恰好だ。モスはくたびれた青い小型トラックを部屋の前に停めると、シャワーを浴びてベッドに横たわり、クリスタルを待つ。やってきたクリスタルは、パパラッチから逃げてでもいるかのように、光沢のある黒いレインコートにサングラスといういでたちだ。モスがドアをあけるとクリスタルが腕に飛びこみ、両脚を腰に巻きつけて荒々しくキスをする。モスはその体を抱いたままあとずさる。

クリスタルは室内を見まわす。「こんなところしかなかったの？」

「ジャクージがあるぞ」

「あたしをコレラに感染させるつもり？」

モスはその手をとる。「いや、これを感じてくれ」

クリスタルは目をまるくする。「あたしを骨抜きにする気ね」

「バターの硬さはパンの柔らかさに関係する。おまえのパンは柔らかいな、ベイビー」

クリスタルは笑い声をあげ、身をくねらせてコートを脱いでから、モスのズボンのボタンをはずす。「この服はどうしたのよ」

「車に用意してあった」

「車があるの？」

「ああ」

クリスタルはモスをベッドに押し倒して馬乗りになる。汗だくで疲れ果てるまで、ふたりはひとことも発しない。クリスタルがバスルームへ行く。モスは腰にタオルをかけてベッドで横たわったままだ。

「あまりのんびりするなよ」大声で言う。

「どうして？」

「頭がすっきりしたら、もういっぺん最初からやるから」

クリスタルはトイレの水を流し、ベッドへもどる。レインコートのポケットから煙草を取り出して火をつけ、モスの唇にはさんでから、自分のぶんにも火をつける。

「どれくらいぶりだったかな」

「十五年三か月と八日と十一時間ぶりよ」

「数えてたのか」

「ううん、でもだいたいそんなもんでしょ」

クリスタルはオーディ・パーマーと消えた大金について知りたがり、話をさえぎることなく耳を傾けるが、しきりに世慣れたふうに顔をしかめて咳《せき》払いをする。

「その人たちは何者？」

「わからないが、おれを刑務所から出せるくらいだから、ずいぶんな大物だ」

「で、お金はくれるってわけ」

「ああ、そう言ってたよ」

「それを信じるの？」

「いや」

クリスタルはモスの腕枕に支えられたまま、その腰に太腿を載せる。

「じゃあ、どうするつもり？」

モスが大きく吸って、煙の輪を吐き出す。煙はうねりながら舞いあがり、やがて薄れていって、空調の風に掻き消される。

「オーディ・パーマーを見つけ出す」

「どうやって？」

「母親がウェストモアランド・ハイツに住んでる——ここから一マイル足らずの町だ」

「もし何も知らなかったら？」

「やつの姉さんに訊くさ」

「それで？」

「おい、待ってくれよ、おれだってあんまり先走らないように気をつけてるんだ！　少しは信じてくれないか。オーディを見つけ出せる人間がいるとしたら、おれなんだよ」

クリスタルはまだ納得していない。「どんな人？」

モスは一考する。「頭がいいやつだ。教養はあるけど、世渡りはうまくない。おれはやつに用心のしかたを教え、やつはおれにあれこれ教えた」

「たとえば？」

「哲学とか、そんなものさ」

クリスタルは忍び笑いをする。「あなたが哲学の何を知ってるって？」

笑いが止まらないクリスタルをモスはつねる。「ある日、おれは上訴委員会に手紙を書こうとしたんだが、うまくいかなくてオーディに〝おれがわかるのは、自分がわかってないってことだけだよ〟と言った。そこでオーディが言うには、おれが口にしたのは有名な哲学者のことばなんだと――名前はソクラテス。オーディに言わせると、疑いを持ってあれこれ問いかけるからこそ、人間は賢いんだそうだ。確実にわかってるのは、何も確実にはわかってないってことだけなんだよ」クリスタルを見る。「理解できたか」

「いや、でも、賢そうに聞こえる」

クリスタルは横向きになり、灰皿で煙草の火を揉み消す。つぶれた吸い殻から細い煙の筋が立ちのぼる。クリスタルはモスの手をとり、結婚指輪をしていないことに気づく。上体を起こし、モスの薬指を力ずくで反《そ》らせて悲鳴をあげさせる。

「どこへやったの？」

「なんのことだ」

「結婚指輪よ」

「独房で取りあげられて、それっきりだ」

「ていねいにお願いした？」

「抵抗はしたさ」

「あたしの前で独身だと言い張るつもりじゃないでしょうね」

「まさか」

「裏切ったりしたら、切り刻んで犬の餌《えさ》にしてやる。わかった？」

「ああ、はっきりと《クリスタル》」

18

キッチンのテーブルで携帯電話が跳ねている。端から落ちそうになるのを、デジレー・ファーネス特別捜査官が拾いあげる。聞こえたのは上司のかすれ声で、まだ眠たげだ。朝に強い人ではない。

「きのうの朝、オーディ・パーマーがウッドランズで目撃された」

「目撃者は?」

「保安官夫人だ」

「パーマーはウッドランズで何をしていたんですか」

「ジョギングだ」

デジレーは上着をつかみ、肩のホルスターに拳銃を差す。トーストをかじりながら外の階段を駆けおり、大家のミスター・サックヴィルに手を振る。階下に住むミスター・サックヴィルは、カーテンの隙間からいつもデジレーの出入りを見つめている。デジレーは車を走らせて、ラッシュアワーで混雑した道を北へ向かい、二十分後、木陰に半ば隠れた屋敷に到着する。私道にパトロールカーが停められていて、制服姿のふたりの保安官助手が携帯電話でゲームをしている。

デジレーはいつものように、少しでも背を高く見せようと肩を反らし、ふたりにバッジを示して玄関へ向かう。前髪が短すぎてピンで留まらず、一方の目まで落ちてくる。美容師に切りすぎないよう頼んだのに、伝わらなかった。

サンディ・バルデスがチェーンのかかったドアをあけ、六インチの隙間から応対する。ぴったりしたトップスとライクラのレギンス、足首丈の靴下にクロストレーニング用のスニーカーといういでたちだ。

「夫はマックスを学校へ送っていきました」いかにも南部の教養ある女性らしい口調で言う。

「奥さまにお目にかかりたくて来ました」

「警察にすべてお話ししましたけれど」

「わたしにもあらためて聞かせてくださいませんか」

サンディはチェーンをはずし、デジレーを奥へ通してサンルームに案内する。服のサイズは一〇、髪は金色で肌はすべすべしている。美しい。調度品は趣味がいいが、しゃれたインテリアにしようとがんばりすぎた感がある。テーマをひとつに決めないで、インテリア雑誌を読みあさったのではないか。

飲み物を勧められるが……辞退する。雑談の話題が尽きて短い沈黙がおり、デジレーは買い値を検討するかのように室内をぐるりと見まわす。

サンディがデジレーの靴に目を留める。

「足腰が痛くなりそうね」

「慣れるものです」

「身長はいくつ？」

「じゅうぶんあります」デジレーは本題にはいる。「オーディ・パーマーと何を話したんですか」

「このあたりのことよ」サンディは答える。「あの人は近所に引っ越してきたと言った。カントリークラブにはいって友達を作ったらどうかとわたしは勧めたの。気の毒に思って」

「気の毒に？」

「奥さんが亡くなったと言ったから」

「ほかにどんな話を？」

サンディは思い出そうとする。「会社の会計監査の仕事をしてるんですって。ウィテカー一家が住んでた家に引っ越してきたんだと思ったのに。捕まえてくれるのね？」

「全力で取り組みます」

サンディはうなずくが、安心したようには見えない。

「ほかにパーマーに会った人は？」

「息子のマックスよ」

「そのとき息子さんはどこに？」

「ガレージの前でスケートボードに乗ってた。わたしが買い物から帰ったら、パーマーが私道のそばでストレッチをしてたの」

「息子さんはパーマーとことばを交わしましたか」

「いいえ、そのときは」

「どういう意味でしょう」

「そのあと、ザ・ミューズのあたりで会ったそうよ――ここからそう離れてないの。マックスはスケートボードに乗ってて、パーマーは公園のベンチにすわってたんですって。このことは全部ほかの刑事さんにお話ししたけれど」サンディは膝の上で両手を握り合わせている。「ライアンは、きょうはマックスを外出させたくないと言ったんだけれど、学校にいれば安全でしょう？　何事もないみたいに、ふだんどおり過ごすのがいいと思ってね。あの子には、世の中は悪人だらけだと思いながら大人になってほしくないの」

「正しいご判断だと思います」デジレーは女性同士ならではの親しげな会話に慣れていない。「きのう以前にパーマーに会ったことは？」

「お宅へ来た理由はなんだと思いますか」

「ありません」

「わかりきってるでしょう?」

「いえ、わたしには」

「あの人を撃ったのはライアンなのよ──だれもが知ってる。オーディ・パーマーは頭を一発撃たれた。あのとき死んでくれていたら、だれも迷惑しなかったのに。電気椅子送りになってくれてもよかった──犯罪者を軒《のき》並み死刑にすればいいとは思わないけど、四人もの死者が出たんだから!」

「オーディ・パーマーが復讐を望んでいるとお考えですか」

「ええ」

「どんな様子でしたか」

「というと?」

「興奮した様子でしたか。緊張していたり、怒っていたり」

「いっぱい汗をかいてた──でもそのときは、走ったせいだと思ってたの」

「ほかは?」

「楽しげな顔つきだった……悩み事なんかないみたいに」

そこから二マイル足らずのところで、ライアン・バルデスは車で校門を通り抜けてラジオのスイッチを切る。番組に電話をかけてくる視聴者が偏見だらけの意見をまくし立てて、無知をさらけ出すのにはいつも驚かされる。現状への不満を並べ、まるで歳月が記憶を美化してビネガーをワインに変えたかのように、〝昔はよかった〟などとこぼすが、もっとましなことはできないのだろうか。

「決まりだ。おまえは迎えの車を待つ。勝手に学校を出てはいけない。もう見知らぬ相手と話すんじゃない……」

マックスはイヤホンを耳からはずす。「あの人、何をしたの」

「おまえには関係ない」

「ぼくも知っておくべきだよ」

「大金を盗んだ」

「いくら？」

「とんでもない額さ」

「父さんが逮捕したの？」

「ああ」

「あの人を撃った？」

「命中したよ」

マックスは心から感嘆した顔をする。「だから父さんに復讐しにやってきたと？」

「そうじゃない」

「うちへ来る理由はほかにありえないじゃないか」

「それはおれが心配することだ。母さんを質問攻めにして困らせるんじゃないぞ」

「そのオーディ・パーマーとやらは危険なの？」

「ああ」

「そんなに悪そうには見えなかったけど」

「見かけにだまされるな。やつは殺人犯だ。それを忘れちゃいけない」

「ぼくも銃を持ったほうがいいんじゃないかな」

「学校へ銃を持っていくなんて、とんでもない」

マックスは落胆してため息をつき、車のドアをあける。校門を通り抜ける生徒の波に合流する。バルデスは正面玄関へ向かう息子の後ろ姿を見つめながら、こちらを振り返って手を振るだろうかと考える。答はノーだ。

息子が視界から消えると、バルデスは携帯電話を取り出して、ドレイファス郡保安官事務所に電話をかける。副保安官のハンク・ポリャックと話し、ヒューストンとそれに隣接する郡の通信指令係全員に連絡するよう命じる。

「オーディ・パーマーが目撃されたら、真っ先にわたしに知らせろ」

「ほかに何かありますか」ハンクが尋ねる。

「ああ、きょうはそっちへは行かない」

19

太陽が赤い視線でねめつけるなか、タクシーが高速道路を走っていく。オーディが淡い色のガラス越しに外をながめると、大海のごとく、無機質な雑居ビル、赤い屋根瓦《やねがわら》の民家、そして屋上の有刺鉄線と窓の鉄格子が目立つ安っぽいプレハブの倉庫が建ち並んでいる。ヒューストンはいつからこれほど無粋《ぶすい》になったのか。昔から奇妙な街ではあった——ロサンゼルスと同じく小さな町の集合体で、人々は住まいから職場へそのままかよい、互いにかかわることはめったにない。唯一のちがいは、ヒューストンが最終目的地であるのに対し、ロサンゼルスはよりよい場所へ向かう通過点にすぎないことだ。

タクシーの運転手は外国人だが、どこの出身かは見当もつかない。たぶん、独裁者か狂信者か飢餓に支配された悲劇の国から来たのだろう。褐色というよりオリーブ色の肌の持ち主で、髪の生え際《は》が後退しつつある。前後の座席を隔てるスライド窓をあけて話しかけてくるが、オーディはうわの空だ。トリニティ川の岸でカールと別れたときのことが思い出される。

人生には重大な選択が求められる瞬間がある。運がよければ自分で決められるが、どうにもならないことのほうが多い。オーディが警官と救急隊員をともなって川へもどったとき、カールの姿はなかった。血まみれの包帯も、置き手紙も謝罪のことばも残されていない。オーディは何が起こったかを悟ったが、だれにも告げなかった。カールではなく、両親のためだった。警察は虚偽の通報をしたとしてオーディの告発を検討し、身柄を拘束したものの、十二時間後に釈放した。

数週間が過ぎ、カールの名前は新聞の一面から消えた。一月にオーディが大学へもどると、学部長室に呼び出された。警官殺しの〝関連人物〟であるため、奨学金が打ち切られるという。

「何もやましいことはしていません」オーディは言った。

「わたしもそう思っているよ」学部長は言った。「事件が解決してお兄さんが見つかったら、また申請すればいい。事務局の責任者が、人柄も含めてきみの受給資格をあらためて審査する」

オーディは荷物をまとめて貯金をおろし、安い車を買って西へ向かった。未来に何が待ち受けているのであれ、過去との距離をあけるつもりだった。キャデラックはずいぶん揺れ、いまにも壊れそうな音を立てて千五百マイルの距離を走ったが、そのしぶとさは命あるものが持つ生への執念《しゅうねん》を思わせた。オーディはそれまで海に沈む夕日を見たことがなかった。だれかが実際にサーフィンをしているところもだ。南カリフォルニアではその両方を見た。ベルエア、マリブ、ヴェニス・ビーチ——だれもが知る名前で、映画やテレビでおなじみだった。

西海岸は別世界だった。女たちからは、ラベンダーやボディーパウダーではなく、日焼けオイルと保湿クリームのにおいがした。みな自分自身について語り、物質主義と精神世界とセラピーと流行のファッションに夢中だ。男たちは日に焼け、つややかで豊かな髪を生やすかスキンヘッドに剃りあげるかで、百ドルのシャツと三百ドルの靴を身につけていた。顔役、勝負師、麻薬常習者、夢想家、俳優、作家、辣腕家《らつわんか》、業師などなど。

オーディはさらに北のシアトルまで行き、バーテンダー、警備係、梱包《こんぽう》業者、農園労働者、配達員として働いた。粗末なモーテルや安宿をねぐらにしたが、たまにゆきずりの女の家に泊まることもあった。各地を転々とする暮らしが半年つづいたあと、サンディエゴの北二十マイルの土地で、アーバン・コヴィックの営むストリップクラブに足を踏み入れた。店内は洞窟《どうくつ》よりも暗く、スポットライトに照らされたステージで青白い肌の女が肉に下着を食いこませ、銀のポールに太腿をこすりつけていた。スーツ姿の男の客が一ダースいて、喝采を送る者もいれば無関心を装う者もいる。ほとんどが大学生か、日本人の取引相手に取り入ろうとするビジネスマンだろう。

南カリフォルニアの女たちは仕事を楽しんでいるようで、昔ながらの流儀で体をひねったり突き出したりして、バタフライやブラジャーの紐にチップをはさませていた。

支配人はシャツのポケットから櫛をのぞかせていて、後ろになでつけた脂っぽい髪の櫛目は、鋤《すき》で耕したばかりの畑を連想させる。

「仕事はありませんか」オーディは訊いた。

「ミュージシャンは要らない」

「ミュージシャンじゃありません。カウンターの仕事ならできます」

支配人は櫛を取り出して、前から後ろへ髪を梳《と》かした。「何歳だ」

「二十一です」

「経験は？」

「多少」

支配人は必要事項を記入する用紙を渡し、見習いとしてまず無給で雇うと言った。オーディは勤勉だった。酒を飲まない。煙草を吸わない。コカインもギャンブルもやらない。店の女に手を出しすらしなかった。

バーとナイトクラブ以外にも、アーバン・コヴィックは隣のメキシコ料理店と道向こうのガソリンスタンドを所有していた。それらは家族連れの客に使われ、違法な商売で得た金をいくらか洗浄するのに役立った。オーディはほぼ毎晩八時に仕事をはじめ、翌朝四時まで働いた。仕事の前に隣のレストランで賄《まかな》いを食べた。レストランの裏庭にはブドウの蔓棚《つるだな》と、ワインボトルが並んだ化粧漆喰《しっくい》塗りの塀があった。

働きはじめて二週間が過ぎたある日、ナンバープレートを塗りつぶした車が駐車場に停まり、三人の男が乗っていることに気づいた。オーディは警察に電話をかけてから、レジスターの現金をアルミニウムの角鍋の下に隠した。目出し帽をかぶった男たちが短銃身のショットガンを持ってはいってきた。オーディはひとりのタトゥーに見覚えがあった。踊り子と付き合っていて、よく店へ来ては、ほかの客が近づかないように見張っている男だ。オーディは両手をあげた。客たちがテーブルの下にもぐりこむ。ポールダンスをしていた踊り子が胸を隠して脚を交差させた。

強盗団はレジスターをこじあけ、現金の少なさに激怒した。タトゥーの男が銃を向けてきたが、オーディは落ち着いていた。サイレンの音が近づく。銃声が響く。一発がカウンターの上の鏡を砕いたが、怪我人《けが》は出なかった。

翌朝早く、アーバン・コヴィックが枕のあとを顔につけたまま現われた。支配人が事情を説明した。アーバンはオーディを事務所へ呼んだ。

「出身は?」

「テキサスです」

「どこかへ向かうつもりなのか」

「まだ決めていません」

アーバンは顎を掻いた。「おまえぐらいの歳の若者は、何かから逃げているか、何かを追いかけているかのどちらかだろう」

「そうかもしれません」

「運転免許は持っているか」

「はい」

「きょうからおまえはわたしの運転手だ」アーバンは黒いジープ・チェロキーのキーをオーディに投げてよこした。「特に指示がないかぎり、毎朝十時に迎えに来い。使い走りもおまえの仕事だ。わたしが家まで送れと言ったら送れ。給料はいまの倍にしてやるが、二十四時間待機の仕事だ。そのために車で寝る必要があればそうしろ」

オーディはうなずいた。

「よし、じゃあ、わたしの家へ送っていけ」

そして新しい仕事がはじまった。オーディはナイトクラブの上の部屋を与えられた。三角屋根の真下の部屋は天井が押しつぶされたように低く、廊下と見まがうほどせまかったが、家賃がかからなかった。天窓とざらついたマツ材のベッドがあった。隅には本とリュックサックを積んでおいた。機械工学の教科書を捨てずに持っていたのは、いつか大学へもどるかもしれないと漠然《ばくぜん》と思っていたからだ。

オーディはアーバンを会合の場所へ送ったり、空港へ人を迎えにいったり、ドライクリーニングに出した衣類を引きとりに出向いたり、包みを運んだりした。そしてベリータと出会った――アーバンの自宅で封筒を受けとったときのことだ。アーバンの愛人だとは知らなかったが――そんなことはどうでもよかった――ひと目見て、それまで味わったことのない不思議な感覚に襲われた。血液が心臓の弁膜を逆流して体の端々まで送られ、また一瞬にして押し寄せてきたかのようだった。

人生を変える運命の相手に出会ったとき、そうと気づくことがあるものだ。

20

小鳥のさえずりと軽やかで陽気な自転車のベルの音で、モスは目を覚ます。この十五年というもの、朝は足音と咳とげっぷと屁の大合唱に包まれて覚醒し、希望の光と言えば、頭上の四角い小窓から差しこむ日光しかなかった。こんなふうに目覚めるのは気分がよいが、ベッドの隣は空だ。クリスタルは早朝に車でサン・アントニオへ帰っていった。太腿にまたがってきてさよならのキスをし、気をつけてと言ったときの体の重みと感触がいまも残っている。

モスは勢いよく足を床につけ、カーテンをわずかにあけて駐車場へ目をやる。遠くにダラスの輝く高層ビル群があり、鏡面仕上げのへりが朝日を反射している。ラクダを針の穴にねじこむよりは簡単だろうに、金持ちの連中は天国への階段を造ろうとは考えないのだろうか。

シャワーを浴びてひげを剃り、服を身につけたあと、モスは車を北に走らせてウェストモアランド・ハイツへ向かう。ほとんどの通りに木造の小さな家が並んでいるが、前に停められた車のほうが建物よりよほど価値があるほどだ。車のほうは、コンクリートブロックの上に乗り捨てられたものや、火で焦がしつくされたものまである。荒廃したこの町にも新しい建物やプレハブの倉庫ができていて、まったく希望がないわけではないが、まっさらな壁はスプレーの落書きを、無傷の窓ガラスは投石を、それぞれに誘っている。

モスはシングルトン・ブールバードのコンビニエンスストアの前に車を停める。上階の窓は板でふさがれ、一階の窓は、ガラスの内側に貼られたポスターも読めないほどみっちりと金属の格子で覆われている。

店内にはいると呼び鈴が鳴る。床から天井まで箱が積まれ、ビニール包装された段ボールパレットに豆やトウモロコシやミニキャロットの缶詰が載っている。一部のラベルに書かれているのは外国語だ。レジスターの向こうで女が大きな格子柄の肘掛け椅子にすわっている。テレビの通販番組を観ていて、画面の向こうでは笑顔の男女がミキサーに野菜を入れている。

〝いまお持ちのキッチン用品は全部捨ててください。これひとつで用が足ります〟司会者の男が笑みを浮かべる。

〝これは奇跡ね、スティーヴ〟女が言う。

〝ああ、そうだね、ブリアナ――まさにキッチンの奇跡だ。神さまが天国で使ってるミキサーだよ〟

スタジオの観客がどっと笑う。何がおかしいのか、モスにはわからない。

「何をお探しですか」女がテレビ画面から目を離さずに言う。五十代で、彫《ほ》りの深い目鼻が顔の中心に寄っている。

「道を教えてもらえないかと思って。友達が以前このあたりに住んでいたもんでね。おふくろさんはまだいるはずだ」

「名前は？」

「アイリーン・パーマー」

腰から下は見えないが、女が何かへ手を伸ばすのがわかる。店の奥で呼び鈴が鳴る。

「アイリーン・パーマーを探してるの？」

「ああ、いま言ったとおり」

「そんな名前の人は知らないね」

「相手が嘘をついてるかどうかを見抜く手立てがある」モスは言う。「答える前に質問を繰り返したろ。でたらめなことを言うとき、人はよくそうするものなんだ」

「あたしが嘘をついてるって？」

「ほら――いまのもそうだ――質問に質問で答えてる」

女の目が険しくなり、閉じそうなほどだ。「警察を呼ばれたいのかい」

「迷惑をかけるつもりはない。どこへ行けばアイリーン・パーマーに会えるかだけ教えてくれないか」

「ほっといてやんなよ。子供のやることなすことに、母親がいちいち責任をとっちゃいられないんだ」

女はモスの反論を待ち受けるかのように顎を突き出す。通路に男が現われる。スウェットパンツだけを身につけ、上半身にタトゥーがある。二十代前半。筋骨隆々。威圧的な態度だ。

「どうしたんだ、母さん」

「この人がアイリーンを探してるんだって」

「とっとと失せろと言ってやれ」

「言ったよ」

スウェットパンツの腰に大きなセミオートマティックの拳銃が差してある。モスは何よりまずそれに目を留める。

「おれはオーディ・パーマーの友達だ。おふくろさんへの伝言を頼まれてね」

「おれたちにまかせろ。ちゃんと伝えておく」

「直接伝えるように言われたんだ」

呼び鈴が鳴り、枯れた深紅のバラのような、皺だらけの黒人の老女がはいってくる。モスはドアを押さえてやる。老女が礼を言う。

「きょうは何かしら、ノーリーン」店主の女が言う。

「この人が先に来ていたでしょう」老女はモスを手で示す。

「ちょうど帰るところだったのよ」

モスは何も言わないことにする。店の外へ出て日陰を見つけ、老女が買い物を終えるのを待つ。硬いプラスチックの車輪がついた格子柄の手押し車を動かしながら、老女が現われる。

「お手伝いしましょうか」

「けっこうよ」

老女はよろよろとモスの前を通り過ぎるが、歩道はところどころ崩れかけている。モスはそのあとを三十ヤードついていく。老女が立ち止まる。

「わたしから何か奪おうって気？」

「いいえ、そんな」

「だったら、どうしてついてくるの？」

「アイリーン・パーマーを探してます」

「あいにくだけど、わたしはちがいますよ」

「わかってますよ。息子さんと友達なんです」

「どっちの？」

「オーディです」

「オーディのことは覚えている。よくうちの芝生を刈って、庭を掃除してくれた。スクールバスがうちのすぐそばを通っていてね。いい子だった。頭がよくて、いつも礼儀正しくて。揉《も》め事なんか起こさなかったし……お兄さんのほうとちがって」

「カールですか」

「カールとも知り合い？」

「いいえ」

老女はかぶりを振る。白髪《しらが》が縮《ちぢ》れて、スチールウールの球が頭に張りついているかのようだ。

「あの子は子宮から逆さまに出てきたのよ。何が言いたいかわかる？」

「よくわかりません」

「いつも問題を起こしていた。家族はがんばっていたのよ。お父さんはシングルトン・ブールバードで修理工場つきのガソリンスタンドを切りまわしていた。もうないけれどね。このあたりの工場はすっかりなくなった。鉛《なまり》の精錬所が閉まったときはせいせいしたものよ。子供たちが汚染されていたから。鉛が子供にどんな影響を与えるか知っている？」

「いいえ」

「ばかになってしまうのよ」

「知りませんでした」

コンクリート舗装が崩れた場所で、老女は手押し車が動かなくて苦戦する。モスはスーツケースのようにそれを持ちあげて運んでやる。

「カールはどうなったんですか」

ノーリーンは眉をひそめる。「オーディと友達なんでしょう？」

「お兄さんのことは話してくれませんでした」

「わたしが話す筋合いはないのよ。こそこそ噂話をするのはきらい。そういうのが大好きな人たちもいるけれど」そう言うと、近づかないほうがいい連中について話しはじめる。ノーリーンはそれを〝不良〟と呼ぶ。

「このへんにも不良がいるのよ。下品で危険な人たちが。ゲイター・ボーイズって聞いたことある？」モスは首を横に振る。「十代の若者に声をかけて麻薬を売らせるの。親分格はワニに綱をつけて飼っている――生きている本物で、犬みたいにそのへんを歩かせているのよ。いつか脚を食いちぎられればいいのに」

ノーリーンはひと息つき、モスの腕にもたれかかる。タトゥーに目を留める。

「刑務所にいたのね。そこでオーディと会ったの？」

「はい」

「探しているのはお金でしょう？」

「いいえ」

ノーリーンは疑わしげな目で見る。ふたりは手入れの行き届いた庭のある未塗装の小さな木造家屋の表門に着く。ノーリーンは手押し車を受けとって小道を進み、せまいポーチへつづくステップを、車輪をぶつけながらあがる。鍵を取り出して玄関の網戸を開錠する。網戸が閉まる直前に振り返る。

「アイリーン・パーマーはヒューストンに引っ越したのよ。いまは妹といっしょに暮らしている」

「住所はわかりますか」

「わかるかも。ちょっと待って」ノーリーンは暗い屋内へ消える。警察に通報しているのかもしれない、とモスは思う。路肩のない通りの先に目をやると、マツの並木の下に子供の遊び場があるのが見える。ブランコが壊れ、ジャングルジムの下には汚れたマットレスが捨ててある。

玄関の網戸が開く。香りつきのメモ用紙を持った手が伸びてくる。

「アイリーンからクリスマスカードをもらったの。これが住所よ」

モスは紙を受けとり、ありがたく頭をさげる。

21

タクシーがテキサス小児病院の前でオーディをおろす。渡された料金を見て、運転手がチップはないのかという顔をする。お母さんにやさしくとオーディが言うと、運転手は、母親というものは何をしてやっても気に入らないと返す。

オーディは通りの向かいの店でコーヒーとデニッシュを買ったあと、コンクリートの車止めに腰かけて、病院の正面出入口をながめる。夜勤を終えた看護師が二、三人ずつのグループで出てきて家路に就く。交替の看護師たちが、アイロンのかかったペイズリー模様のシャツに青いズボンという姿で、まだ湿った髪のままやってくる。オーディはパン屑のついた指を舐め、紙コップのふち越しにバーナデットを盗み見る。質素で美しく、ブラウスにバッジをふたつつけ、少しでも背を低く見せようとうつむき加減に歩いている。

子供のころ、十二歳上でなんでも知っているように見えた姉とは、あまり接点がなかった。入学した日に姉に付き添われて学校へ行ったこと、血のにじんだ膝に絆創膏《ばんそうこう》を貼られたこと、行儀の悪いふるまいをやめさせるために嘘をつかれたことを覚えている。おちんちんをいじったらとれちゃうのよ、とバーナデットは言った。くしゃみとおならとまばたきをいっぺんにしたら頭が爆発する、とも。

オーディは野球帽を目深《まぶか》にかぶったまま病院へはいり、少し距離を置いてバーナデットのあとをつける。バーナデットは混んだエレベーターに乗り、九階でおりる。オーディは下を向いて携帯メールを読んでいるふりをする。姉がナースステーションへと姿を消し、オーディは廊下の端に立って、落ち着かない気分で待つ。そばに〝関係者以外立入禁止〟と書かれたドアがある。中へ滑りこんでみると、そこは更衣室だ。オーディは帽子をポケットに押しこんだのち、ハンガーから医師の白衣をとって聴診器を首にかけ、だれも心肺機能蘇生や気道確保を頼んでこないよう祈る。ストレッチャーに掛かっていたクリップボードを持ち、行き先がわかっている顔をして廊下を進む。

バーナデットは空き部屋のベッドを整えている。シーツの端を力強くマットレスにたくしこみ、ドラムの面のように皺ひとつなく伸ばす。それは母が姉に教えたベッドの整え方で、シーツのあいだにもぐりこむのにバールがほしいくらいだったことを、オーディは思い出す。

「やあ、姉さん」

バーナデットは背筋を伸ばして眉根を寄せ、枕を胸にかかえる。自分の目が信じられないのか、その顔にさまざまな感情がめまぐるしく浮かび、頭が左右にふらつく。オーディに、あるいは自分自身に怯えているようだ。しかし、ふと表情を和らげ、近づいてきて強く抱きしめる。姉の髪のにおいを嗅ぎ、少年時代の記憶が一気に押し寄せる。

バーナデットはオーディの頬をなでる。「医者になりすますのは違法だとわかってるでしょう」

「いま、そんなのは些細な問題だよ」

バーナデットは開いたままのドアからオーディを引き離し、ドアを閉める。短く刈った髪の下に見える傷跡を指でなぞる。「びっくりよ。これでどうやって生き延びたの？」

オーディは答えない。

「警察が来たのよ」

「だろうと思った」

「どうしてなの、オーディ。あと一日だったのに」

「理由は訊かないでくれ」

空調の低い音だけが耳に響く。風がバーナデットの髪の一部を揺らす。白髪が交じっていることにオーディは気づく。

「染めてないんだな」

「染毛剤を使うのはやめたの」

「いま何歳だっけ」

「四十五」

「たいして歳じゃない」

「わたしの立場になればあなたにもわかる」

どんな調子かと尋ねると、バーナデットは元気だと答える。ふたりとも何から話せばいいかわからない。バーナデットは離婚を経験した。夫はやさしくて頭がよく、社会的な成功をおさめていたが、酒を飲むと暴力を振るった。だがさいわい、アルコールのせいで動きが鈍く、バーナデットは処し方を知っていた。新しい恋人は油田掘削の仕事をしている。ふたりはいっしょに住んでいる。子供は作れまい。「言ったでしょう、わたしはもう歳なんだから」

「母さんはどうしてる」

「具合がよくないの。透析《とうせき》治療を受けてる」

「移植は？」

「たぶん体が耐えられないだろうと医者は言ってる」バーナデットはふたたびベッドを整えはじめるが、急に目を曇らせる。「なぜもどったの？」

「やり残したことがある」

「あなたが現金輸送トラックを襲ったとは思えない」

オーディは姉の手を握りしめる。「力を貸してくれ」

「お金なら無理よ」

「車は？」

バーナデットは腕を組み、目にとまどいの色を浮かべる。「彼の車がある。もしなくなっても、一週間は気がつかないかも」

「どこにあるんだ」

「道に停めてある」

「キーは？」

「刑務所で何も教わらなかったの？」

「キーなしでエンジンをかける方法は知らない」

バーナデットは住所を走り書きする。「キーはタイヤの上に置いておく」

別の看護師がドアの近くへやってくる。バーナデットの上司だ。「だいじょうぶですか」オーディに話しかけ、ドアが閉まっていたことをいぶかしむ。

「はい」オーディは答える。

看護師はうなずくが、立ち去ろうとしない。オーディが視線をそらさずにいると、ぎこちなく体の向きを変えて歩きだす。

「あなたのせいで、くびになりそう」バーナデットが小声で言う。

「もうひとつ頼みがあるんだ」

「何?」

「残しておいたあのファイルだけど――プリントアウトしてあるかな」

　バーナデットはうなずく。

「きょうあすのうちに電話するから、指示どおりにしてもらえないか」

「面倒に巻きこまれない?」

「だいじょうぶだ」

「また会える?」

「どうかな」

　バーナデットは何歩か離れるが、振り返って両腕をひろげ、息苦しくなるほど強くオーディを抱きしめる。

「大好きよ、オーディ」

22

キャシーは何度もスーツケースに荷物を詰めなおすが、まだモーテルから発てずにいる。ふたつのベッドのあいだのデジタル時計をじっと見ていると、時を刻む音が脳裏で聞こえ、決断を迫られているかのように感じる。

スペンサーのリュックサックがベッドの下に押しこんである。スペンサーというのは本名だろうか。あの頭の傷はどうしてついたのだろう。キャシーはすさまじい暴力の場面を思い浮かべ、自分のなかで何かがふっ切れたのを感じる。

スカーレットはうつ伏せになって両手で頬杖を突き、テレビの〈ドーラといっしょに大冒険〉を観ている。どの話も観たことがあるのだが、いまだにわくわくするらしい。つぎに何が起こるかわかっているほうが、子供はうれしいのだろう。

キャシーはリュックサックをつかんでポケットを探り、中仕切りのファスナーをあけて調べる。見つかった手帳を持ってバスルームへ行き、ドアを閉めて便器に腰をおろす。スカートが膝のあいだでハンモックのように垂れる。手帳を開く。一枚の写真がひらりと落ちる。キャシーはタイル張りの床からそれを拾いあげる。小麦色の肌の若く美しい女が花束を持った写真だ。嫉妬で胸が疼くのを感じるが、なぜなのか自分でもわからない。

ページのあいだに写真をしっかりとはさみ、最初へもどる。表紙の裏に名前が書かれている。オーディ・スペンサー・パーマー。その下に貼られた値札に〝スリー・リバーズ連邦刑務所〟とある。

どのページにも、細く小さく読みにくい文字が書きこまれている。キャシーの理解できない文がいくつもある。詩か何からしく、〝真理の知覚〟とか〝不在のペーソス〟とか書いてあるが、意味がわからない。

キャシーは携帯電話を取り出し、電話帳から破いたページを見る。女が電話に出るが、まるで台本を読んでいるかのようだ。

「はい、こちらはテキサス州犯罪防止協会です。この通話の内容が外へ漏れることはありません。わたしはアイリーン。どんなご用件でしょうか」

「謝礼はもらえるの？」

「重罪容疑者の逮捕や告発につながる情報には、報奨金をお支払いしています」

「いくら？」

「犯罪の程度によります」

「最高でどれくらい？」

「五千ドルです」

「もしあたしが脱獄囚の居場所を知ってると言ったら？」

「脱獄囚の名前は？」

キャシーは躊躇《ちゅうちょ》する。「オーディ・スペンサー・パーマーだと思う」

「思う？」

「ええ」

キャシーは二の足を踏み、鍵のかかったドアへ目をやる。

「お名前を教えていただけませんか」

「やめておく」

「オーディ・パーマーには連邦裁判所から逮捕状が出ています。いまどちらですか。捜査関係者を迎えに行かせます」

「通話内容は外へ漏れないと言ったのに」

「報奨金をお支払いしようにも、お名前がわからなければどうにもなりません」

キャシーは黙する。

「どうしましたか」アイリーンが訊く。

「考えてるの」

「あなたは危険にさらされているんですよ」

「またあとでかける」

「切らないで！」

23

モスはヒューストンまで車を運転しながら、ウィンドウをさげてラジオの音量をあげる。カントリー・ミュージックではない。苦しみや救済や心を乱す女のことを歌う昔ながらの南部のブルースがモスの好みだ。午後も遅くなり、白く塗装されたバプテスト教会の外で車を停める。正面の壁にある木の十字架の下には〝イエスはツイートなさる必要がない〟と記された看板が見える。

駐車した木陰はねじれたニレの木が作ったもので、その木の幹は節くれ立ち、根はこの世で最も緩慢な地震さながらに歩道のコンクリートを押しあげている。聖堂の扉には錠がかかっているが、モスは横に伸びた小道を進み、炭殻ブロックの土台に据えられた木造の小さな一軒家にたどり着く。木々が暗がりを作っている。シャベルの刃でふちが削られた花壇では、整然と花が咲きひろがっている。

モスは扉をノックする。網戸の向こうに杖《つえ》を持った大柄な女が現われる。

「なんにも買いませんよ」

「ミセス・パーマーですか」

女は首にかけた紐つきの眼鏡《めがね》へ手を伸ばす。じっと目を凝らす。モスは相手を驚かせないように、数歩後ろにさがる。

「どちらさま?」

「オーディの友達です」

「もうひとりはどこ?」

「もうひとり?」

「前にノックした人よ。オーディの知り合いだと言ってた。あんな人の言うことを真《ま》に受けはしないし、あなたのことも信じない」

「モス・ウェブスターです。手紙におれのこと、書いてありませんでしたか。オーディが毎週手紙を書いてたのは知ってます」

女は少しためらう。「あなたがその人だって証拠はあるの?」

「オーディはお母さんのお加減がよくないと言ってました。新しい腎臓が必要だとか。前にお使いだったピンクの便箋には花柄の飾りぶちがついてましたね。きれいな字だった」

「まあ、お世辞がじょうずね」そう言って、コテージの後ろにまわるように指示する。

モスが家の角を曲がると、紐に吊されたシーツが頭上ではためいている。ミセス・パーマーはキッチンからモスに声をかけ、レモネードのはいったピッチャーとふたつのグラスを外のテーブルへ運ばせる。テーブルの上はペカンナッツの殻だらけだ。ミセス・パーマーがあわただしくテーブルを拭くのを見て、モスはその前腕に血の泡を閉じこめたような痛々しい紫斑のふくらみがあるのに気づく。

「透析のあとよ」ミセス・パーマーは言う。「週に二度受けてるの」

「大変ですね」

達観したように肩をすくめる。「子供を産んでから、多かれ少なかれ衰えてきたのよ」

モスはレモネードをひと口飲み、酸味の強さに唇をすぼめる。

「あなた、お金を探しにきたの？」

「いえ、ちがいます」

ミセス・パーマーは苦笑する。「この十一年のあいだに、いったい何人の相手をしたと思う？　写真を持ってきた人もいれば、オーディの署名入りとかいう手紙を持ってきた人もいた。ただ脅《おど》すだけの人もいた。あっちの庭を掘り返しているのを捕まえたこともあった」ペカンの木の下を指さす。

「金の話じゃないんです」

「賞金稼ぎでしょ？」

「ちがいます」

「なぜ刑務所にはいったの？」

「自慢できないようなことをしでかしたんです」

「少なくともそれは認めてるのね」

モスはレモネードのおかわりを注ぐ。ガラスについた露《つゆ》が木のテーブルに輪を残している。モスは濡れた指で輪をもうひとつ描き添え、ふたつの輪を直線でつなぐ。

ミセス・パーマーは、オーディが大学の奨学金を受けてエンジニアになるために猛勉強していたのに、カールがそれを台なしにしたいきさつを話し、目をうるませる。

「カールはいまどこに？」

「死んだのよ」

「文字どおりの意味ですか、それとも象徴的な意味ですか」

「小むずかしい言い方はやめて」きびしく言う。「息子が死んだら、母親にはわかるものよ」

モスは両手をあげる。「ミセス・パーマー、警察に話をなさったのはわかりました。でも、話していないことはありませんか。オーディが行きそうな場所とか。友達とか」

首が横に振られる。

「恋人についてはどうです」

「だれのこと？」

「オーディが肌身離さず持っていた写真があるんです。恋人でしょうけど、その女の話はぜったいにしなかった――寝言以外ではね。名前はベリータ。オーディが本気で怒ったのを見たのは一度だけで、その写真を奪われたときでした」

ミセス・パーマーは考えこむ。ほんの一瞬、何かを思い出したように見えるが、その考えも消えたらしい。

「オーディに会ったのは、この十四年で二回だけ――一回は昏睡《こんすい》状態で死にそうだと言われてたときよ。頭に銃弾を受けたせいで脳に障害が残ると言われたけれど、それがまちがいだとあの子は証明した。もう一回は刑を宣告された日。心配するなって、本人から言われた。母親が心配しないはずないのに」

「脱獄した理由はご存じですか」

「知らない。だけど、あの子がお金を盗《と》ったとは思わない」

「オーディは自白しました」

「もし盗ったのなら、理由があったはずよ」

「理由?」

「オーディは衝動に駆られて行動する子じゃない。じっくり考えるタイプなの。頭も切れる。あの子には、生活のために人さまから盗む必要なんかなかったのよ」

モスは空を見あげる。日差しが弱くなってきて、飛んでいる三羽の鳥がよくある白壁の飾り物のようにはっきりと輪郭を浮かびあがらせている。ミセス・パーマーはまだ話している。「オーディを見つけたら、わたしが愛してるって伝えて」

「オーディはちゃんと知ってますよ」

教会の敷地を出るとき、道路の向こう側にいる男に気づく。一サイズ小さめの黒いスーツ姿で、くすんだ茶色の髪がもみあげにつながって、さらに顎ひげにつながるさまは、まるでヘルメットのストラップだ。古いビニールの鞄を肩からさげているが、ジッパーが壊れていて、中はブラックホールを思わせる。

男は木の下にしゃがみこんで、片手を膝に置き、もう一方の手で煙草の灰をはじいている。モスは道路を渡る。男はモスのほうへ目をあげ、それから自分の靴のそばを行進するアリの列へ目をもどす。ときどき指をおろして、土に溝をこしらえる。アリは四散しては、また集まる。煙草を吸いながら、燃えている先端をアリの列に近づけ、熱でもがくのを観察している。体をもたげて戦おうとするアリもいれば、足を引きずってすばやく逃げ、傷めた体を癒《いや》そうとするアリもいる。

「知り合いかな」モスは尋ねる。

男は目をあげる。ロの端から漏れる煙が、敵意さえ感じさせる冷たい目の前をのぼっていく。「そうとは言えまい」

「ここで何をしてる」

「おまえと同じだ」

「それはないだろう」

「おれたちはどっちもオーディ・パーマーを探している。手を組まないか。情報を分け合おう。ひとりよりふたりのほうが知恵が出るぞ、仲間《アミーゴ》」

「おれたちはアミーゴじゃない」

男は親指の爪を嚙む。モスは一歩あいだを詰める。男は立ちあがる。思っていたよりも背が高く、右足を左足の後ろに引いて角度を作るさまは、武道の訓練を受けた者の構えそのものだ。瞳が角膜いっぱいにまでひろがって、鼻孔が大きく開いている。

「ミセス・パーマーに迷惑をかけているんじゃないか」

「おまえもだろ」

「そっとしておいてやれ」

「肝《きも》に銘じるよ」

モスには、にらみつづける気はない。負けるのはわかっている。それより、なるべくこの男から離れて、二度と考えないほうがいい。だが同時に、それも無理ではないかという気がする。新聞のページをめくろうというとき、記事の中身は悪くなるばかりなのに、最後まで読まずにはいられないのと似ている。

24

アーバン・コヴィックは太っ腹のボスで、オーディを軽んじずに扱い、じゅうぶんな給料を与えた。南カリフォルニアのどこへ行っても、アーバンは顔がきくようだった。レストランでは最上のテーブルが用意され、市庁舎のドアは開かれ、煩《わずら》わしい思いをまったくしなかった。だが、歴然たる富と影響力を手にしたとはいえ、自分が疎《うと》まれていることにも感づいていた。冴《さ》えない風貌の男だった。ずんぐりした体軀、内股歩き、突き出た目。

「男前でまぬけに生まれつく手もあったが、不細工で賢いほうの籤《くじ》を引いたんだ」とオーディに語ったことがある。「これでよかったけどな」

若いころまでにアーバンをいじめた連中は、始末されるか、相応の罰を受けた。アーバンはそのために、汚れ仕事をこなす腹心の補佐役を数名置いた。たいていは甥《おい》や従弟《いとこ》で、頭は空っぽだが力まかせの恫喝《どうかつ》には長《た》けた者たちだ。

アーバンはさまざまな車を買いそろえていたが、すべてアメリカ車で、国内産業を支援するのが愛国者の責務だという信念に基づいていた。毎朝、オーディは邸宅まで迎えにいき、どの車を洗ってガレージから出すのか、指示を仰ぐ。アーバンは後部座席に坐し、電話をかけていないときには、古代ギリシャに関する本を読んだり、新聞の見出しについてあれこれ言うのが好きだった。新聞といっても、《ロサンゼルス・タイムズ》でも《サンディエゴ・トリビューン》でもなく、スーパーマーケットで売っているような三流紙で、エイリアンに誘拐された話、有名人が流産した話、類人猿の赤ちゃんを養子に迎えた話などが派手派手しく載っていた。

「この国はでたらめだな。この調子でつづいていくことを祈るよ」

ラスヴェガスを離れたいきさつについても、いろいろ話してくれた。ネヴァダ州で賭博《とばく》管理委員会が規制を〝とんでもねえくらい〟強めたため、同業者の大半はカジノから締め出され、売春の斡旋《あっせん》やクラップス賭博などの末端の仕事へ追いやられてしまったという。

「だからここに来て、独自のニッチビジネスの開拓につとめたんだ」

農場、クラブ、レストラン、モーテルまでも取りこんだアーバンの多様な関連事業の説明として、なんとも興味深い言いまわしだとオーディは思った。

一か月が過ぎた。毎朝自宅まで迎えにいき、送り届けていたが、ベリータには会えなかった。ある日、電話を終えたアーバンが尋ねた。「ポーカーはできるか」

「ルールは知ってます」

「今夜、うちでゲームをする。ひとり足りないんだ」

「とてもお相手なんかできませんよ」

「熱くなってきたら抜ければいいさ。おまえからふんだくろうなんて、だれも考えまい」

ベリータに会えると思い、オーディは承諾した。新しいシャツを着て、ブーツを磨き、ジェルで髪を整えた。

ゲームにはほかに三人のプレイヤーが加わった。サンディエゴの市議会議員と実業家。そして三人目はイタリアのマフィアか何かに見える男で、壊れた墓石を並べたような乱杭《らんぐい》歯《ば》は赤ワインと食べかすで染まっていた。

カード用テーブルが食堂に用意されていて、そこから谷が一望できるのだが、低い位置の照明がまぶしくて、オーディには窓に映った自分の姿しか見えなかった。キッチンから調理のにおいが漂い、だれかが動きまわる音が聞こえる。

九時をいくらか過ぎたころ、アーバンが休憩しようと提案した。サイドボードに載ったベルを鳴らす。ベリータがトレーを運んできた。手羽の唐揚げ、味つけしたナッツ、テキサスキャビアのアボカドソースとコーンチップス添え。

ベリータはワンピースを着て、長めのエプロンで腰をきつく締めている。編んで背中に垂らしたおさげ髪が、裸であればちょうど尻の割れ目にふれているはずだ。

一か月にわたってこの女のことばかり夢想してきたので、オーディは対面して顔が赤らむのを感じた。ベリータのほうはだれとも目を合わせようとしない。ベリータが姿を消すと、マフィアが指についたバーベキューソースを舐めながら、どこで女を見つけたのかとアーバンに尋ねた。

「農場で果物を収穫していたんだ」

「〝背濡れ《ウェットバック》〟（かつてリオ・グランデ川を泳いで不法入国したメキシコ人をそう呼んだ）か」実業家が言った。

「近ごろ、そういう呼び方はまずい」市議会議員が言った。

「じゃあ、なんて呼ぶんだ」実業家が訊いた。

「張り子人形《ピニャータ》さ」マフィアが口をはさんだ。「思いっきり叩いてやるんだな。そうすりゃ、言いなりになる」

　ほかの男たちは笑った。オーディはだまっていた。一同はまたポーカーをつづけた。飲む。食べる。オーディは酒を控えた。ベリータがさらに料理を運んできた。その脚にマフィアが手をやり、腿のあいだをなであげた。ベリータは身をすくませ、はじめてオーディへ目を向けた。動揺している。恥ずかしげだった。

　マフィアはベリータを引き寄せ、膝の上でかかえた。ベリータは手をあげ、頬を打とうとする。マフィアはその手をつかみ、悲鳴をあげるまで手首をねじりあげると、体ごといきなり床へほうり投げた。オーディは椅子を後ろにずらし、両のこぶしを固めて戦闘態勢をとった。

　アーバンがあいだにはいり、ベリータへキッチンにもどるように命じた。マフィアは自分の指のにおいを嗅いでいる。「冗談のわからん女だな」

「あなたが謝るべきですよ」オーディは言った。

「おまえこそ、そこにケツをおろして口をつぐんでいるべきだ」マフィアが言い返した。

アーバンのほうを見る。「あんた、あの女と寝てるのか」

アーバンは答えない。

「まだなら、ぜひ試すべきだな」

「ゲームに集中しよう」アーバンは新しいカードを配った。

午前二時には、市議会議員も実業家もすでに家に帰っていた。オーディは自分の前にそれなりのチップの山を積み重ねたが、大勝ちしたのはマフィアだった。アーバンは酔っていた。「このゲームはこりごりだ」自分のカードを投げ出して言った。

「一発逆転のチャンスをやろうか」マフィアが言った。

「どういうことだ」

「一《いち》か八《ばち》かの大勝負をしよう」

「運の離れてるときに金をつぎこむつもりはないな」

「女を賭けろよ」

「なんだと？」

「あんたの家政婦さ」マフィアは重ねたチップを指でつまみ、築いた山の上へ落とした。

「あんたが勝ったら、全部やる。おれが勝ったら、あの女をひと晩もらう」

オーディはキッチンのドアのほうを見やった。ベリータは皿洗い機をセットして、グラスを磨いている。アーバンはテーブルをじっと見つめている。負けは五千ドルか、六千ドルはあるかもしれない。

「お開きにしましょう」オーディは言った。

「もうひと勝負したい」マフィアが応じた。「おまえはやらなくていい」唇がめくれ、乱杭歯がむき出しになる。

「ばかげてます。彼女はあなたの持ち物じゃない」

オーディが言うと、アーバンが憤然と返した。「いまなんと言った？」

オーディは取りつくろおうとした。「彼女にはなんの非もないと言いたかっただけです。もうじゅうぶんに今夜は楽しみました。お開きにしましょう」

マフィアは自分のチップをすべてテーブルの中央へ押しやった。「一回勝負だ――勝った者が全部いただく」

アーバンはカードを切りはじめた。オーディはテーブルをひっくり返してカードを撒き散らしてやりたくなった。アーバンはカードをふたつに分けて上下を入れ替えた。「テキサス・ホールデムで一回勝負だ」オーディのほうをちらりと見た。「尻尾を巻いて逃げるか、それとも男らしく勝負するか」

「やります」

アーバンはキッチンへ声をかけた。ベリータが現われた。下を向いたまま、手をエプロンで拭いている。明かりが低いところにあるので、光を受けた髪が頭にまぶしい光の輪を作っている。

「こちらの紳士がたがテーブルに載っているものを残らず賭けるとおっしゃっているんだが、わたしのほうはもうチップがないんだ」説明するアーバンは妙に興奮している。「紳士がたはおまえを担保にしてはとおっしゃっている」

ベリータは理解できない。

「わたしが負けたら、ふたりのどちらかがおまえと夜をともにする。だが、その紳士は残りの勝ち金については免除してくれるはずだ」つづけて、それをスペイン語で繰り返した。

ベリータは大きく目を見開いた。怯えている。

「そう、知ってのとおり、おまえとのあいだには取り決めがある。すぐにノーと言うのは禁物だ」

ベリータは首を激しく振って、アーバンに懇願した。アーバンの返答が彼女を凍りつかせた。

「ペンサール・エン・エル・ニーニョ！」

ペンサールが〝考える〟、ニーニョが〝少年〟という意味なのはオーディも知っていたが、それが脅しなのか説明なのかはわからなかった。ベリータは涙の浮かんだ目を手の甲でぬぐった。

「なぜこんなことをするんですか」オーディは尋ねた。

「わたしはカードで遊んでいるだけだ」アーバンは言った。「彼女と一発やりたいのはおまえたちだろう」

オーディはベリータの顔を正視できなかった。ベリータは肩をそびやかし、なんとか威厳を保とうとしながら、テーブルに背を向けたが、キッチンへ進もうとする脚は震えていた。

「本人に見守っていてもらおう」マフィアが言った。

アーバンはベリータを呼びもどした。カードを配る。オーディの手札は7とキングだった。テーブルの中央に開かれた三枚のカードは、9とクイーンと7だ。オーディは手札と合わせてワンペアになる7をじっと見つめた。四枚目と五枚目の場札がひっくり返された。オーディは目を一度閉じてからあけた。エース、そして7がもう一枚。

アーバンがすぐに手を見せた。ツーペアだ。オーディに視線が集まる。7のスリーカード。マフィアが歓声を発した。「このレディたち、きれいだろ――三人並ぶと壮観だ」

オーディはテーブルに置かれた三枚のクイーンを見つめ、胃の痙攣《けいれん》とねじれを感じた。耐えられないのは金を失うことではなく、ベリータの顔に浮かんだ表情だ。ショックでも、驚きでも、怒りでもなく、あきらめの色だった。これも人生で体験する数々の屈辱《くつじょく》のひとつにすぎないとでも思っているのか。

アーバンは席を立ち、伸びをした。ボタンをはずしたシャツから腹がのぞく。自分の負けを冷静に受け止めているらしい。またあすがある、もっといい手が来る夜もある、と。

「あんたの一物《いちもつ》が馬並みじゃないことを祈るよ」そう言って上着に手を通す。「怪我《けが》をさせたり、ひどい扱いをしたりはやめてくれ」

マフィアはうなずいた。「パーク・ハイアットに泊まってる」

「正午にはここへ帰してくれ」

「飲みすぎて運転は無理だ」

アーバンはオーディに目配せした。「ふたりを送っていくんだ。ベリータをここへ連れ帰るのも頼む」

車で街なかへ向かうとき、ベリータはウィンドウの近くにすわり、身を縮めて完全に消えてしまいたそうにしていた。マフィアがなんとか話をさせようとしていたが、頑《かたく》なに口をつぐんでいる。

「英語が話せないわけじゃないだろ」マフィアの口調はおぼつかない。

ベリータは下を向いたままだ。祈っているか、泣いているかだろう。オーディはホテルの前で車を停めると、車外へ出て運転手らしく後部座席のドアをあけた。

「ベリータと一分ほど話したいんですが」

「なぜだ」マフィアが尋ねた。

「迎えにくる場所と時間を決めたいので」

オーディは車の反対側へベリータを連れていった。ベリータは不安げに見返した。ホテルのロビーの明かりが瞳に映っている。

「まず酒の用意をするんだ。そして、これを入れる」小声で言ってから、ベリータの手に睡眠薬を四錠載せて、指を閉じさせる。「いっしょに寝たように思いこませる。そして手紙を残すんだ。すごくよかったと書いて。ここで待ってるから」

一時間後、ベリータがホテルから現われ、タクシー運転手たちの掛け声を無視して歩いてきた。オーディは車の後部ドアをあけたが、ベリータは前の助手席を選んだ。車は山間部へ向かって走り、ベリータは最初の十マイルは何も言わず、腕を組んで自分を包みこむようにしていた。やがてスペイン語で話しかけてきた。

「あなたが勝ってたら、どうするつもりだったの？」

「何もしなかった」

「どうして？」

「正しいとは思えなかったから」

「どのくらい負けたの？」

「さあね」

「わたしにそんな価値はない」

「なぜそんなことを言うんだ」

涙がこぼれ落ちかけ、ベリータは頭を左右に振ったが、ことばを発せなかった。

25

マッキニー・ストリートにあるヒューストン公共図書館は、コンクリートミキサーとキュービズムの画家による落とし子も同然の建造物だ。小ぎれいになったばかりのファサードと空き地に植えられた木々の力を借りても、ここにはあたたかみも愛らしさも見いだせない。

モスが説明を終えると、デスクの奥にいる中年の女がようやく顔をあげる。用紙にスタンプを押して整理箱に入れ、青い目とさらに青いアイシャドウをモスに向ける。

「目的は？」

「というと？」

「あなたの要望はうかがいました。目的を尋ねているんです」

「興味があるからですよ」

「なぜですか」

「それは個人的なことですし、ここは公立の図書館ですよね」

図書館員としばらくにらみ合ったあと、モスは九階へあがるように指示され、そこでもう少し機嫌のよい館員の応対を受ける。索引カードの読み方を教わり、指示を受けて、二〇〇四年一月からの《ヒューストン・クロニクル》の閲覧を希望する旨《むね》を用紙に記入する。

マイクロフィルムが地下の保管庫から届く。モスは積まれた箱を見る。「これ、どうすればいいんですか」

男の館員が並んだ機械を指さす。

「どうやって使うのかな」モスは尋ねる。

男性館員は深く息をついて箱を持ちあげると、赤いリールを機械に装着し、フィルムがレンズの下を通るようにセットする方法を実演する。「こうすると進みます。こうするともどります。ここで焦点を合わせます」

「すみませんが、紙とペンを貸してもらえますか」準備の悪さを恥じながら、モスは頼む。

「ここは文具店じゃありませんよ」

「それはわかってます」

図書館員は一件落着と思ったようだが、モスはじっとデスクの前に立ったまま待ちつづける。待つことなら得意だ。紙が見つかったらしく、安物の黄色いペンも手渡される。

「そっちは返してくださいよ」図書館員が念を押す。

「もちろん」

モスは機械の前に腰を落ち着けて、第一面に注目しながら《ヒューストン・クロニクル》のマイクロフィルムを調べていき、やがて例の強奪事件の最初の記事を見つける。大見出しだ。

現金輸送トラックが襲撃される

ドル紙幣を輸送する装甲トラックを道路工事の作業員を装った男たちが襲撃し、それに乗って逃走する事件があった。テキサス州コンローの郊外で、白昼堂々の出来事だった。

輸送トラックは午後三時少し過ぎ、サービスエリアから州間高速四五号線に出た直後に襲われた。警備員ふたりが殴打され、もうひとりが行方不明となっている。高速道路の作業員姿の武装強盗団は、警備員ふたりの銃を奪ったあと、輸送トラックに侵入した。その後、三人目の警備員を車内に乗せたまま走り去った。「十五分以内に道路封鎖がおこなわれましたが、車の所在はつかめませんでした」ドレイファス郡のピーター・ヨーマンズ刑事は言う。「むろん、われわれの最大の関心事は行方不明の警備員の居場所と安否です」

犯行を目撃した女性、デニース・ピーターズによると、強盗犯たちは反射テープつきの胴衣にヘルメットという姿だった。「最初は大きなシャベルを持っていると思いましたが、ショットガンだったんです。コンクリート・カッターを使いながら一時停止標識を掲げていました」

ウェイトレスのゲイル・マラコワによると、警備員たちは事件の少し前に近くの食堂で夕食をとっていた。「笑ったり冗談を言い合ったりしていました。でも、出ていったすぐあとに、大変なことになったんです。こわくてこわくて」

モスはリールを動かし、翌日へ進む。二〇〇四年一月二十八日。

現金輸送トラック強盗で四名死亡

昨夜、ドレイファス郡で壮絶な銃撃戦があり、四名が死亡、一名が生死の境にいる。死亡したのは、乗用車を運転中の女性一名、警備員一名、そして少し前に現金輸送トラックを奪って逃走していた強盗犯二名である。強盗犯もう一名が瀕死《ひんし》の重傷を負っている。

事件は昨日午後三時過ぎ、コンローのすぐ北で、偽の道路工事現場において現金輸送トラックが襲撃されたことに端を発する。警備員三名のうち二名が負傷し、残る一名は強盗犯が輸送トラックで逃走したとき、後部に残されたままだった。

五時間後、コンロー北東のファーム・トゥ・マーケット・ロード八三〇号線に近い空き地で、ドレイファス郡保安官事務所の保安官助手二名が、逃走中の現金輸送トラックを発見した。気づかれたと知った強盗団は何発か発砲したのち、トラックで猛然と走り去った。保安官助手二名が二十分近くにわたって、オールド・モンゴメリー・ロードを時速九十マイルで追走したところ、現金輸送トラックは坂をのぼりきったところでコントロールを失い、対向車に激突した。対向車を運転していた女性と、横転した輸送トラックに閉じこめられていた警備員が、ともに死亡した。

それにつづく銃撃戦で、強盗のうち二名が射殺され、一名が瀕死の重傷を負った。四人目は黒っぽいSUVに乗って逃走したと見られ、その車はコンロー湖の近くで燃やされて放置されているのがのちに発見された。

つづく数日間、この強盗事件の記事は一面を飾っていたが、運んでいた現金の額が明らかにされた一月三十日には、とりわけ扱いが大きくなった。《ヒューストン・クロニクル》はこう伝えている。

七百万ドルがなお行方不明

武装強盗犯は生命維持装置に

火曜日にテキサス州コンローー付近で強奪された現金輸送トラックが七百万ドル以上を運んでいたことが判明した。奪還をめざすFBIによると、これは合衆国史上有数の高額被害だという。

警備員ひとりと武装強盗犯ふたりを含む四名がこの事件で死亡し、ほかにひとりの強盗犯が瀕死の重傷を負って、医師団によると意識を回復する見こみは薄いという。負傷した強盗犯は氏名不詳のままだが、頭部に大きな損傷を受け、麻酔による昏睡状態に陥っている。

「生命維持装置につながれていますが、夜のうちに一段と容態が悪化しています」と病院の広報担当者は言っている。「脳圧をさげるための処置を施したものの、損傷は広範囲にわたっています」

現金強奪事件が、ドラマさながらの激しい追跡劇と大事故を誘発してしまった。強盗犯二名が警察関係者に射殺され、警備員と一般人女性が命を落とした。四人目の強盗犯は、黒っぽいランドクルーザーを盗んで逃走したと見られている。燃やされて廃棄された車が、のちにコンロー湖の近くで発見された。

事故現場では、昨日一日かけて鑑識班による証拠採取がおこなわれたが、道路はさらに二十四時間封鎖される見こみである。

モスは強盗事件のその後の記事を探すが、つづく数日のうちに一気に減っていた。第三十八回スーパーボウルでのジャネット・ジャクソンの〝胸ぽろり事件〟に活力を吸いとられたらしい。裸には銃犯罪や盗みよりもニュース価値がある。警察は死亡した強盗犯の名前を発表した。ルイジアナ州のヴァーノン・ケインと弟のビリーだ。オーディ・パーマーの名前も公表し、兄のカールが警官殺害犯として手配されていることと、今回の強盗事件の〝重要参考人〟と見なされていることも合わせて公《おおやけ》にした。銃撃から八週間後に、オーディは生命維持装置をはずされたが、意識を回復するまでにはさらに一か月かかった。

モスはメモをとりながら読み進めていき、人名を線で結んだり略図を描いたりしていく。頭を使うのは楽しい。もし自分が治安の悪い公営住宅で育たなかったら、もし十一歳で自動車泥棒をはじめなかったら、いまごろどんな暮らしをしていたのか。かつては、選ぶ道が目の前にいくつもあると思っていた。いまではそのほとんどが背後にある。

折りたたんだメモをシャツのポケットにしまい、図書館の外へ出る。手描きの地図に従って、州間高速四五号線を北へ進んだあと、コンローのあたりで南へ折り返して、環状道路を西へ向かうと、オールド・モンゴメリー・ロードに合流する。マツやナラの木が密生する一帯を抜ける二車線のアスファルト道路だ。

車を路肩に寄せて停め、両の手のひらをハンドルの上で休ませる。頭上の樹冠から一枚の葉が落ちて舞う。前方には道が一直線に伸びているが、高くなったかと思うと、くだりきったところで急に右に曲がっている。モスは車からおりて歩きだし、両側に木々が密生するなかを、泥水の満ちた排水溝や腰まである雑草へ目を配りながら進んでいく。木々のあいだに送電線が張られていて、その先に、木切れや鉄板や崩れたアスファルト屋根板を寄せ集めたちっぽけな小屋が見つかる。庭の横を小川が流れている。庭には草が生い茂り、古びたナラの木や、倒れたり伐採《ばっさい》されたりしたほかの木の切り株に囲まれて、暗がりができている。

モスは溝を跳び越え、森のなかの泥道を通って、玄関までたどり着く。ノックする。だれも応えない。数歩さがりながら、だれかに見られている気配を感じるが、タイヤの跡も、足跡も、人がいそうな様子はまったく見てとれない。家のまわりを歩き、プラスチックのボタンのついたドアベルを見つける。

親指でボタンを押したとき、まちがいなくライフルを準備する音、薬室に弾をこめる音が聞こえる。ドアが開き、網戸の向こうで年老いた男がにらむのがわかる。ズボンを穿いているが、ベルトはだらりと垂れ、ボタンをはめていないシャツから妊婦のような太鼓腹がのぞいている。

「勇ましい黒人野郎だな」男が言う。

「なんでだ」

「招かれてもいない相手の私有地にはいってるからだ」

「暗黙の了解がある」

「なんだと？」

「ドアベルがあるだろ？」

「これは鳴らない」

「そんなことはどうでもいいんだ。ドアベルをつけてるのは、ときにはお客があるわけだから、暗黙のうちに相手を招待したことになる」

「いったい何を言ってやがる」

「法的には、おれはドアベルを鳴らしてくれと暗黙の招待を受けたことになるんだ。じゃなきゃ、ドアベルなんか要らないからな」

「言ったはずだ。ベルは鳴らない。おまえ、耳が悪いのか」

これでは埒《らち》があかない。

「あんた、ここに住んで何年になる。古くからいるのか」

「三十年だ」

「十一年ほど前、ここであった事故のことは覚えてるよな――ずっとあっちの、林の向こうで起こった事故だ。保安官助手が現金輸送トラックを追っかけてた。輸送トラックは衝突した」

「忘れるものか」

「ここから撃ち合いの音が聞こえたはずだ」

「聞こえたし、見えたさ」

「何を見た？」

老人はためらう。「全部見たが、何も見てない」

「どういう意味だ」

「よけいなお世話なんだよ。おまえは自分の世話だけをしてろ」

「なぜ？」

「いいかげんにしろ」

ふたりはどちらが先にまばたきをするかを競うかのように、にらみ合う。

「おれの友達が巻きこまれたんだ」モスは言う。「そいつはあんたが力になってくれると言ってた」

「嘘をつくな」

「何をこわがってる」

老人はかぶりを振る。「いつ口を閉ざすべきかは知ってる。友達にそう伝えろ。テオ・マカリスターは信頼できると言ってやれ」

ドアが音を立てて閉まる。

26

あれから数日、ポーカーの話題が出ることはなかった。オーディはアーバンをさまざまな会合場所へリムジンで送り、披露される意見や恨み言に耳を傾けた。以前ほど雇い主を信頼できなくなっていたが、何も変わっていないかのように装った。ある朝、ふたりは最も大きな農場へ向かっていた。アーバンは後部座席の真ん中に居すわっていて、オーディからはバックミラーでその顔が見えた。

「この前、ベリータから、あの日おまえが何をしたかを聞いたよ」アーバンは言った。

「なかなかの紳士ぶりだったな」

「ご友人は何かおっしゃってましたか」

「ベリータはこれまででいちばんの上玉だったそうだ」

「ずいぶんな見栄っ張りですね」

「ロビンソン・クルーソーとはちがうさ」

リムジンは農場のゲートを通り抜けた。巻きあげた土ぼこりがオレンジの木の濃緑の葉に積もる。労働者たちが薬剤を散布したり雑草を抜いたりして、木々の列のあいだを動きまわっている。四分の一マイル進むと、木っ端や小石、金網や鉄板のかけらを寄せ集めて造った掘っ立て小屋が数軒固まっていた。ありあわせの紐に洗濯物が干してある。小さな女の子が金だらいで髪を洗ってもらっている。腰まわりの豊かな母親が顔をあげ、泡だらけの手で額の髪を払った。

「おまえ、ベリータとやったのか」アーバンが尋ねた。

「いいえ」

「誘いもしなかったとベリータは言っていた」

「彼女が気の毒に思えて」

アーバンは一考した。「とんでもなく気高いやつだな」

中南米の大農園にありそうな水漆喰塗りの屋敷の前で、車は停まった。オーディは現金入りの鞄をいくつも家のなかへ運んだ。農作業労働者に払う給料か、組合幹部を懐柔するための金か、あるいは政治家や税関職員を買収する賄賂か。オーディの見方では、アーバンは金で動くサンディエゴの人脈の隅々にまで通じているように思えた。どの車輪に油を差し、どの手に油を塗り、どの尻に潤滑油《じゅんかつゆ》を塗るかを知りつくしている。

「感情の爆発というのは、一時の気まぐれにすぎない」アーバンは説いた。「だからストリップクラブやラップダンスがいつまでも儲かるなんて期待してはだめだ。手広くやる必要がある。忘れるなよ」

「わかりました」

オーディは磨きこまれたカエデ材のデスクに現金を置き、背中を向けた。そのあいだにアーバンは壁の絵をはずし、ダイヤル錠をすばやくまわして番号を合わせた。

「ベリータを買い物に連れていってやってくれ」アーバンが言った。「しゃれた服を買うのを手伝うんだ。仕事で着る服だよ」

「仕事はボスの家の掃除ですよね」

「昇進させるつもりだ。きのう、運び屋のひとりが殴られて、金を奪われたんだ。そいつは事実を話しているのかもしれん。逆にそいつが仕組んだことかもしれん。これからはベリータが金を運ぶ」

「なぜ彼女が？」

「若く美しい女が多額の現金を運んでいるとはだれも思うまい」

「もしそう思う人がいたら？」

「おまえがベリータの面倒を見てやってくれ」

オーディは口ごもり、あらためて言った。「なぜぼくが選ばれたのかわかりません」

「ベリータはおまえを信頼している。わたしもだ」

アーバンは札束から百ドル札を八枚渡した。「上品な服を買ってやってくれ。よく女たちが着ているしゃれたビジネススーツだ。だがパンツスーツはごめんだぞ。スカート姿が好きなんだ」

「いつですか」

「あすだ。ロデオ・ドライブまで連れていってもらいたい。映画スターが住んでいるあたりを案内するんだ。自分で連れていってやりたいが、忙しくて……」少しためらってから付け加えた。「それに、あいつ、ポーカーの夜のことをまだ怒っていてな」

朝食後、オーディはベリータを迎えにいった。最初に会ったときと同じワンピース姿で、その上に薄手で目の粗いカーディガンを着ている。助手席で腕を組んで、膝をしっかり閉じてすわり、柔らかそうな布のバッグをその上に載せている。

オーディはリムジンやチェロキーではなく、マスタング・コンバーチブルをアーバンの車庫から選んでいた。ベリータが幌《ほろ》をさげてドライブしたがるかもしれないと思ったからだ。観光名所を指さしたり、天気の話を交わしたりしながら、ときどきベリータのほうを盗み見した。髪を後ろに流して鼈甲《べっこう》の櫛で留めていて、肌はブロンズ像を柔らかい布で磨いたかのようだ。オーディはスペイン語で話しはじめたが、ベリータは英語を上達させたいと言った。

「メキシコ出身なのかい」

「ちがう」

「じゃあ、どこ？」

「エルサルバドル」

「ずっと南のほうだな」

ベリータはじっと目を凝らした。オーディは自分がまぬけに思えた。また話をはじめた。

「見たところ、きみはあまり、その……」

「何？」

「いや、なんでもない」

「父はバルセロナの生まれなの。二十代で商船の乗員としてエルサルバドルにやってきた。母はアルゼンチンの出身。ふたりは恋に落ちた」

オーディはサンディエゴ・フリーウェイを北へ向かい、最初の六十五マイルは海を左に、山を右に見ながら海岸沿いを走った。サンクレメンテを過ぎると内陸部をめざし、州間高速五号線を通ってロサンゼルスの中心街へはいった。真夏で週の半ばだが、ロデオ・ドライブは旅行客やほかの町の住民、そして地元の裕福な人々でにぎわっていた。ホテルには制服に身を包んだドアマンが立ち、レストランにはタキシードを着こんだ用心棒がいて、どの看板も清潔で輝かしく、まるでシリコンバレーの無菌工場か何かで製造されたばかりのようだ。

運転しながらオーディはいろいろ尋ねたが、ベリータは自分のことをあまり話したがらなかった。自分はだれで、どこから来たのかを思い出したくないようだった。そこでオーディは自分のことを話した――エンジニアリングの勉強をしたくて大学にはいったが、二年で中退し、カリフォルニアに来たいきさつなどを。

「どうして女の子とデートしないの？」ベリータが尋ねた。

「なんだって？」

「バーにいる女の子たちは、あなたのことを……英語でなんと言うかわからないけど、ウナ・マリーカだと思ってる」

「どういう意味かな」

「みんな、あなたがペニスのほうが好きだと思ってるの」

「つまりゲイだと？」

ベリータは笑う。

「何がそんなにおかしい？」

「その表情……あなたの顔よ」オーディはまた自分がまぬけになった気がして、何も言わなかった。実のところ、何を言ったらいいかわからない。いま聞いた話ほどばかげたものはなかった。ふたりは黙したまま車に乗っていた。オーディのなかで怒りがこみあげてきたが、気がつくとまたベリータの様子をうかがい、ベリータを飲みほし、隅々まで味わい、それらを記憶にとどめようとしているのだった。

不思議な女だ、とオーディは思った。開けた場所へ出ていくべきかどうかを決めかねて、すぐ手前でためらっている野生動物のようだ。相手に強く訴える神秘的なまでの悲しみをたたえ、それで世界を空っぽにしてしまいかねない。苦しみこそが美しさを完璧にしていて、その完璧さを味わうには、不可能を受け入れて欠点へ目を向けることしかない。

ベリータはアルマーニ、グッチ、カルティエ、ティファニー、シャネルといった著名な店を指し示した。英語の教科書のような話し方をし、単語をつなげながら表現をひとつひとつ試している。ときどき、正しく言えたかどうかを尋ねることもあった。

マスタングを停め、ふたりはロデオ・ドライブを歩くことにした。高級ブティック、ブランド店、車のショールーム、レストラン、シャンパンバー。一ブロック歩くあいだに、ランボルギーニ三台、フェラーリ二台、ブガッティ・クーペ一台を見つけた。

「映画スターはどこにいるの？」ベリータが訊いた。

「だれに会いたいんだ」

「ジョニー・デップ」

「ロサンゼルスには住んでいないんじゃないかな」

「アントニオ・バンデラスは？」

「バンデラスはエルサルバドルの出身だったっけ」

「ちがう」

ベリータはショーウィンドウをのぞきこんだ。痩せこけた店員が黒ずくめの服を着て、わざとらしい無関心さを見せつけている。

「服はあれだけしかないの？」

「一度にほんの少ししか置かないんだ」

「なぜ？」

「そのほうが高級感が出るから」

ベリータはあるドレスの前で立ち止まった。

「試着してみるかい」

「いくらなの？」

「訊かないとわからない」

「どうして？」

「そういうものだよ」

ベリータは歩きつづけた。どの店でも同じだった。ウィンドウをながめたり、ドアのなかをのぞいたりはするが、店内へははいらない。三ブロックのあいだを行きつもどりつして、一時間が過ぎた。ベリータはコーヒーや飲み物や食べ物は要らないと言った。ここにいたくないらしい。オーディはベリータを車に乗せ、サンタモニカ・ブールバードからビヴァリーヒルズ警察の前を通り、ウェスト・ハリウッドへ向かった。チャイニーズ・シアターやウォーク・オブ・フェイムを見物する。鮮やかな色の傘に先導された日本人の旅行客がおおぜいいて、マリリン・モンローやマイケル・ジャクソンやバットマンそっくりの彫像と写真を撮っていた。

ベリータはくつろいだ様子に見えた。オーディにアイスクリームを買わせたあと、土産物の店にはいるから外で待っていてくれと頼んだ。ウィンドウ越しに、ハリウッドサインの写真を型染めしたTシャツを買っているのが見えた。

「きみには小さすぎる」バッグのなかを見てオーディは言った。

「プレゼントなの」ベリータはそう答えて、バッグを取り返そうとした。

「まだ服をひとつも買ってないよ」

「じゃあ、ショッピングモールへ連れてって」

オーディは味気ないコンクリート造りのショッピングプラザへ案内した。建物の周囲が駐車場で、ところどころに生えたヤシの木は偽物に見えるが、どうやら本物らしい。ベリータは試着室の外にあるプラスチックの椅子にオーディをすわらせた。行ったり来たりしてポーズをとり、スカートやジャケットを試し、どう思うかと尋ねた。オーディはそのたびにうなずき、彼女なら麻袋を着ても美しく見えると思った。女についてまったく理解できないことがあった。タイトスカートやハイヒールでめかしこんで、シャンパン用のフルートグラスのように優雅に見えなくてはならないと、あまりにも多くの女が思いこんでいることだ。実のところ、Tシャツと色あせたジーンズでも、美しさにまったく変わりはないのに。

ベリータは時間をかけて選んだ。オーディは支払いを終えた。そのあと、オーディは小ぎれいなテーブルクロスの掛かったレストランにベリータをすわらせた。長らく体験したことがないほどの幸せな気分になった。スペイン語でことばを交わしながら、ベリータの目に映る光をながめ、これ以上美しい女は想像すらできないと思った。エルサルバドルのどこかにある海岸沿いの小さなカフェでいっしょにくつろぐさまを心に描く。頭上にはそよぐヤシの木があり、海は鮮烈なまでに青く、旅行パンフレットの写真のようだ。

「小さいころ、何になりたかった？」オーディは尋ねた。

「幸せになりたかった」

「ぼくは消防士だ」

「どうして？」

「十三歳のとき、燃えてるビルから消防士たちが三人を助け出す現場を見たんだ。生き残ったのはひとりだけだったけど、あの消防士たちが煤《すす》まみれで煙のなかから現われた姿はいまでも覚えてる。彫像みたいだった。記念像だ」

「あなたも彫像になりたかったの？」

「ヒーローになりたかったんだ」

「エンジニアになりたかったんでしょう?」

「それはもっとあとだ。橋や超高層ビルを建てたかった——自分が死んだあとも残るようなものを」

「木を植えたっていいのに」

「それはちがうよ」

「わたしの生まれたところでは、みんな、記念碑みたいなものを建てるより、食べられるものを栽培するほうが大事だと思ってる」

夕刻に近くなり、帰宅する道中では渋滞に手こずった。太陽が沈み、まっすぐな矢のように海を走る小道を金色に染めあげている。だが、どこかで嵐でも起こっているのか、荒波が立ち、沖合の砂洲にぶつかって、泡としぶきを噴きあげていた。

「砂浜を歩きたい」ベリータが言った。

「そろそろ暗くなるよ」

「お願い」

つぎの出口でオールド・パシフィック・ハイウェイにおりたのち、金色に輝く崖の下を走る荒れた道を進み、人気《ひとけ》のないライフガードの監視塔の前に駐車した。ベリータはサンダルを脱いで外へ出た。砂浜を駆けていくと、夕日を浴びて薄物のドレスが透け、体の曲線が否《いや》が応《おう》でも目立った。

オーディはブーツを脱ぐのに手間どった。ジーンズの裾をまくりあげる。ベリータは水がかからないようにドレスの裾を腿より高くたくしあげ、白い波を足で叩いていた。

「海水は傷に効くのよ。小さいころ、足を手術したの。父が海に連れてきてくれて、毎日岩場の水たまりにすわってたら、足はだんだんよくなった。波の音を聞きながら眠りに就いたのを覚えてる。だから海が大好きなの。母なる海はわたしを忘れずにいてくれる」

どう答えていいものか、オーディにはわからなかった。

「わたし、泳ぐ」そう言うと、ベリータは砂浜へ駆けもどり、ワンピースのファスナーをおろして腰の下に押しやってから、砂の上へ落とした。

「服はどうするつもり？」

「新しいのがあるじゃない」

ベリータは下着のまま水中にはいっていき、冷たさに息を呑んだ。顔を後ろに向けたときのしぐさは、オーディの記憶に忘れがたく焼きついた。心に刻まれる一瞬——その肌の完璧さ、笑い声が奏でる音楽。その目は褐色だが、ただの褐色にはとうてい生み出せないものを具えている。まさにこの瞬間、オーディは永遠にベリータに憧れつづけるであろうことを悟った。人生を分かち合うことになったとしても、この夜をかぎりに二度と会わないことになったとしても。

ベリータは波間にもぐった。姿が消える。時が過ぎる。オーディは名前を叫びながら、深みへ向かって歩いていった。まだ浮上しない。オーディはシャツを脱いで、後ろへほうり投げた。さらに深いところへ。気が動転している。足を滑らせ、水のなかに沈んだ。冷たさが全身を包む。

ベリータの姿が見えた直後に、波がかぶさり、さらに体を下へと押しやって回転させる。もうどちらが上なのかもわからない。頭を強く打たれるのを感じた。回転。海面をめざして足を蹴り動かす。また波が来て、さらに下へ押しやられる。水を飲み、やみくもに手脚を動かした。

腰に手がまわされた。声が耳にささやく。「落ち着いて」

ベリータに後ろ向きに引っ張られ、ようやく足が底にふれた。水を吐き、激しく咳きこみ、波をまるごと呑みこんだ気分になる。ベリータの手に顔を包まれ、オーディは目をぬぐって視線を返した。熱い目でベリータを見つめ、不思議なまでに心を乱す親密さにいだかれる。

「泳げないって、どうして言わなかったの？」ベリータは尋ねた。

「きみが溺れてると思ったんだ」

ベリータの下着が体に張りついている。アーバンの家ではじめて彼女を見たときと同じだ。

「なぜいつもわたしを助けようとするの？」

答はわかっていたが、そう問いかけられると体が震えた。

27

朝食のあと、バルデスは四度もサンディに電話をし、万事うまくいっている、オーディ・パーマーはまもなく逮捕されると言って安心させようとした。会話は短く、張りつめていて、よそよそしく、口には出さない非難と反駁《はんばく》の響きがあった。自分たちの結婚生活で、会話の端々に食いちがいや沈黙が目立ちはじめたのはいつごろからだったか、とバルデスは考えた。

以前はそうではなかった。サンディに会ったのは、きわめてむずかしい状況のもとだった。彼女は検査衣姿で病院のベッドの隅に縮こまり、レイプ被害者に対応するカウンセラーの肩に顔をうずめて泣いていた。着ていた服は鑑識へまわされ、両親が家から着替えを持ってくることになっていた。サンディはまだ十七歳で、学校のフットボールチームのシーズン終了を祝うパーティーで、ワイドレシーバーにレイプされていた。

サンディの両親は信心深く、法律を守る善良な市民だった。けれども、自分たちの娘が小ざかしい被告側弁護人に法廷で再度レイプされる姿を見ることに耐えられず、そのせいで相手の少年は告発されなかった。

バルデスはその一家と連絡を絶やさず、五年後にマグノリアのバーでサンディと偶然出くわした。交際がはじまって、婚約に至り、彼女の二十三歳の誕生日に結婚した。実のところ、ふたりにはあまり共通点がなかった。サンディはファッションと音楽とヨーロッパ旅行が好きだった。バルデスのほうはフットボールや改造自動車レースや狩猟を愛していた。バルデスは堅苦しいほど実直なセックスが好みだったが、彼女は笑ったりくすぐったり、いたずら半分にするのが好みだった。バルデスは妻が控えめで身だしなみがよく愛らしいことを望んだが、サンディは夫に対し、ときにはうつ伏せで足を押さえつけ、後ろから奪ってほしいと願っていた。

自分が妊娠しないのはレイプされたせいだとサンディは考えるようになった。卵巣に何か邪悪なものが植えつけられ、そのため自分の庭には何も育たなくなったのだと。あるいは、かつてふしだらだったことへの天罰なのかもしれない。例のパーティーに出かけたとき、すでに処女ではなかった。十五のときからちがった。もし待ってさえいたら……。もし純潔であったなら……。

バルデスはテキサス小児病院の外に車を停め、病院の受付係にバッジを見せて、バーナデット・パーマーとの面会を申しこむ。指がコンピューターのキーを叩く。電話が何度かかけられる。バルデスは正面ロビーの向こうを見やり、自分とサンディがかつて何度ここを歩いたかと考える。七年間、赤ん坊を授かろうと努力し、不妊治療センターを訪れて治療を試してきた。注射による薬物摂取、卵子採取、試験管内での受精。病院がきらいになった。他人の子供がきらいになった。毎月、サンディの生理がはじまるたびに響く苦悶《くもん》の叫びがきらいになった。受付係が来訪者用の入館証を渡し、上階へ行くように指示する。よい一日を、と声をかけられるが、大きなお世話だ。

バーナデット・パーマーは休憩中だ。西棟の十七階にある病院の食堂で見つける。弟とはあまり似ていない。長身で骨格がしっかりした丸顔の女で、巻き髪に白いものが交じっている。

「わたしがここに来た理由はわかりますね」バルデスは話しかける。

「警察とはもう話しましたけど」

「弟から連絡はありましたか」

バーナデットの目が泳ぎ、バルデスを見ようとしない。

「逃亡者を助けると罪に問われるのはご存じですね」

「オーディは刑期をつとめました」

「刑期中に脱走したんです」

「ほんの一日ですよ——ほうっておいてやれないんですか」

バルデスは椅子を引き寄せるが、すわる前に少しだけ外の景色を堪能する。特に美しくはないが、この角度で街をながめたことはあまりない。この高さから見ると、さほど乱雑には感じられず、全体像がよくわかる――数々の小さな通りが大きな通りに流れこみ、整然たる区画を隅々まで形作っている。人生のあらゆるものを上からながめて、自分の居場所をたしかめたり物事を大局的にとらえたりできないのは残念だ。

「兄弟は何人いますか」

「そんなことはご存じでしょう」

「ひとりは警官殺し、もうひとりはただの殺人犯――さぞ鼻が高いでしょう」

バーナデットは食べるのをやめ、サンドイッチを下に置いてペーパーナプキンで口を拭く。それをていねいに折りたたむ。

「オーディはカールとはちがいます」

「どういう意味ですか」

「同じ鍋のチリを食べたからって、みんなが同じになるわけじゃありません」

「オーディから最後に連絡があったのはいつですか」

「覚えていません」

バルデスはコヨーテのように狡猾な笑みを漂わせる。「妙ですね。あなたの上司に写真を見せたんですよ。彼女の話では、あなたの弟によく似た人がけさあなたに会いにきたそうです」

　バーナデットは答えない。

「なんの用でした？」

「お金です」

「渡しましたか」

「持ち合わせがなくて」

「どこにいるんですか」

「言いませんでした」

「あなたを逮捕することもできます」

「さあ、どうぞ、保安官」バーナデットは両手を差し出す。「手錠をかけてください。危険人物かもしれませんよ。ああ、そう――あなたは射殺するほうがお好きでしたね」

　バルデスは挑発には乗らないが、相手の顔に浮かんだ笑みを手の甲ではね飛ばしたいと感じる。

　バーナデットはワックスペーパーでサンドイッチを包んで、ごみ箱に捨てる。「病棟へもどります。病気の子供たちが看護を必要としていますから」

　バルデスの携帯電話が鳴りだす。明るくなった画面を見る。

「保安官ですか」

「ああ」

「ヒューストン通信指令センターです。オーディ・パーマーの名前があがったら知らせるようにということでしたね。一時間前、女性から通報があり、パーマーの件で報奨金があるかどうかを尋ねてきたそうです。名乗りませんでした」

「電話をかけてきた場所は？」

「言いませんでした」

「番号はどうだ」

「携帯電話でした。シグナルと基地局から場所を割り出し、エアライン・ドライブにあるモーテルから発信されたとわかりました。ノース・フリーウェイをおりたところです。これからFBIに連絡します」

「わたしから連絡する」バルデスは言う。

キャシーとスカーレットが音楽のビデオを観ながらベッドの上で踊っている。昔はしなやかで肉づきがよい程度だったキャシーだが、いまはジーンズの腰まわりに贅肉がはみ出している。それでも動き方は心得ていて、腕を空中に突き出しながらスカーレットと腰をぶつけ合っている。

「パーティーに遅れてしまったかな」オーディが言う。

「かっこいいところを見せてよ」キャシーが答える。

オーディはジャスティン・ティンバーレイクに合わせて歌い、なんとか動こうとしたが、ずいぶん長く踊っていないため、手脚をぎくしゃく揺さぶるばかりだった。キャシーとスカーレットは笑いすぎてしゃがみこむ。

オーディは踊るのをやめる。

「気にしないで、つづけてよ」キャシーが言う。

「そうよ」スカーレットはオーディのダンスを真似ている。

「楽しんでもらえてうれしいよ」オーディはそう言って、ベッドに仰向けに倒れこむ。スカーレットがその上に跳び乗る。オーディにくすぐられて、こらえきれず笑いだす。それから、新しく描いた絵をオーディに披露する。骨張った膝をマットレスに突き、薄黄色のガムの塊を口のなかで転がしている。

「うーん……これは王女だな」

「そうよ」

「そして、これは馬？」

「ちがう、ユニコーン」

「ああ、そうだな。おや、これはだれ？」

「あなた」

「ほんとに？　ぼくは何かな」

「王子しゃま」

オーディは顔をほころばせ、キャシーのほうをちらりと見るが、キャシーは聞こえていないふりをする。スカーレットの世界は、お姫さまや王子さまやお城や、めでたしめでたしで終わるおとぎ話でいっぱいらしい。まるで別の人生を組み立てようとしているかのようだ。

キャシーは閉まったカーテンの前に立って、腕を組んでいる。オーディはそちらへ顔を向ける。「まだここにいるとは思ってなかったよ」

「あした発つつもりよ」

しばらく無言がつづく。「実家へ帰るつもりはないのか」

キャシーはうつむく。「歓迎されないもの」

「どうしてわかる？」

「父がそう言った」

「それって、いつのことだ」

「六年前よ」

「六年もあれば、いくらでも考えは変わる。お父さんは怒りっぽいのか」

キャシーはうなずく。

「きみを殴ったことは？」

キャシーの目が光る。「そんなことしない」

「スカーレットに会わせたのか」

「病院に来たけど、あたしは会わせなかった。あんな言い方をされたから」

「きみはお父さんに似てるんじゃないか」

キャシーの口の両端がさがる。「ぜんぜん似てない」

「きみは血の気が多くて、偏屈で、論争好きで、頑迷《がんめい》だろう？」

「言ってることの半分しか意味がわからない」

「きみはあとに引こうとしない」

キャシーは肩をすくめる。

「お父さんに電話したらどうかな。しっかり筋を通すんだ。どうなるか試すといい」

「大きなお世話よ」

オーディはベッドの奥へ手を伸ばし、キャシーの携帯電話をつかみあげる。キャシーは取り返そうとする。

「電話してやるよ」

「やめて！」

「きみとスカーレットがしっかりやってるって言うよ」キャシーの届かないところまで電

話を掲げる。「一度かけるだけだ。なんの問題もないだろう？」

キャシーはこわがって、耐えがたそうだ。「向こうが切ったらどうするのよ」

「損をするのはお父さんであって、きみじゃない」

キャシーはベッドの端に腰をおろし、青白い顔で両膝のあいだに手をはさんでいる。重大事だと察したのか、スカーレットは母親の隣に這いあがり、その肩に頭をもたせかけている。

オーディは電話をかける。出た男は不機嫌そうだ。好きなテレビ番組の途中で邪魔されたらしい。

「ミスター・ブレナンですか」

「だれだ」

「キャシーの……いや、カサンドラの友人です」

ためらいがある。息づかいが聞こえる。キャシーを見ると、その目にははかなげな希望が満ちている。

「キャシーは元気かな」電話の声が言う。

「元気です」

「スカーレットは？」

「ふたりとも元気です」

「どこにいる」

「ヒューストンです」

「キャシーの姉の話では、フロリダへ逃げたとか」

「そんなことはありませんよ、ミスター・ブレナン」

また沈黙があるが、オーディは長引かせない。「あなたはぼくのことをご存じではないし、話を聞く義理もありませんが、あなたはずっと家族のために尽くしてきた立派な人だと思います」

「わたしはクリスチャンだ」

「時はすべての傷を癒すと言われています――どんなに深い傷でもね。キャシーとのいさかいの原因を覚えていらっしゃるでしょう。ちょっとした行きちがいが大きくなることもある。だれかが道を踏みはずしそうなとき、過ちを犯すのを止めたいときには、止める側もひどく苛立つものです。でも、ご存じのとおり、周囲の人間にはどうにもできない場合もあります。そういうときは、指示されたり教わったりではなく、自分で気づくしかない」

「きみの名前を教えてくれ」

「オーディです」

「なぜわたしに電話した」

「娘さんとお孫さんがあなたを必要としています」

「必要なのは金だろう」

「ちがいます」

「なぜ娘が自分で電話してこないんだ」

「頑なところがあるんです……それは悪いことじゃない。あなたに似たのかもしれませんね。自尊心が強い人だ。いい母親ですよ。ずっとひとりでがんばってきたんです」

ミスター・ブレナンはもっと話を聞きたがる。その声がくぐもり、後悔の響きに染まっていく。オーディは話をつづけ、質問に答え、もはや争点がはっきりしない仲たがいのいきさつに耳を傾ける。妻が死んだ。自分はふたつの仕事に就いていた。キャシーのために思うように時間をとってやれなかった。

「キャシーはいまここにいます」オーディは言う。「代わりましょうか」

「ああ、頼む」

「ちょっと待ってください」

オーディはキャシーのほうを見る。やりとりを聞きながら、キャシーは顔を明るくし、腹を立て、怯え、当惑し、表情を硬くし、泣きそうになっていた。いまは電話を受けとり、落ちて粉々になるのを恐れるかのように両手で握りしめている。「パパ？」

涙が頬を滑り落ち、口の端で止まる。オーディはスカーレットの手をとる。

「どこ行くの？」

「外へ出よう」

スカーレットのスニーカーの紐を結んでやり、部屋を出て、階段をおり、薄青い光のトンネルが水中にいくつも見えるプールの横を通っていく。停まった車の列とヤシの木のあいだを歩き、大通りをガソリンスタンドまで歩く。そこでアイスキャンディーを買ってやり、スカーレットが下からかじるのをながめる。

「なんでママはいちゅも泣いてるの？」スカーレットが質問する。

「笑うこともあるよ」

「あんまりない」

「思いどおりの自分でいるのがむずかしいときもあるんだ」

「しょんなの、なければいいのに」

「運がよければね」

「よくわかんない」

「いつかわかるよ」

夜半を過ぎたころ、キャシーがシーツのあいだにもぐりこみ、裸の体を密着させてくる。

片脚をオーディの体に掛けたあと、両膝を突いてまたがり、ひげだらけの顎に頬をこすりつけながら、唇と唇をふれ合わせる。

「静かにね」

「いいのか」オーディはたしかめる。

キャシーはオーディの目を探る。「あしたたち、あした家へ帰るの」

「よかった」

口笛のような音を出しながら、キャシーはオーディの上に身を沈め、骨盤の筋肉を締めつけてオーディをあえがせる。

十一年間、女なしで過ごしたが、筋肉の記憶は消えていない。動物は本能で行動する、一度も教えられなくてもどうすべきかを知っていると言われるのは、おそらくこういうことだろう。ふれる。キスをする。体を動かす。吐息。

事が終わると、キャシーはベッドを抜け出し、もうひとつのベッドにもどる。オーディは眠りに落ち、夢を見たのではないかと迷いながら目を覚ます。

最初にベリータと愛を交わしたのは、山間にあるアーバン宅の彼女の部屋でだった。アーバンは〝家族の用〟でサンフランシスコへ出かけていた。何か別の用件を遠まわしに指しているのだろう。サンフランシスコは〝オカマやけだもの〟だらけだとアーバンは言っていたが、同じように毛ぎらいしていたものはたくさんある。民主党員も、学者も、環境保護論者も、テレビ伝道師も、菜食主義者も、野球の審判員も、イタリア人も、東洋人も、セルビア人も、ユダヤ人もだ。

二か月のあいだ、オーディはアーバンの資金移動、つまり現金の回収と配達を代行するベリータの供をしてきた。金額を確認して受領書を書き、銀行へ運ぶのが仕事だ。ラ・ホーヤ・コーブやパシフィック・ビーチでピクニックを楽しむ日もあった。ベリータが朝に作ったレモネードを飲み、サンドイッチを食べた。そのあと、ほかの旅行者や自転車乗りやローラースケート乗りに交じって海岸の遊歩道を歩き、土産物店やバーやレストランのそばを通った。オーディは自分のことを話し、ベリータが同じように打ち明けることを願ったが、彼女は自分の過去をめったに語らなかった。ラ・ホーヤを見おろす場所でピクニック用のブランケットに横たわりながら、オーディは指を空中に突き出し、ベリータのまぶたに影を落として遊んだ。それから野生のヒナギクを摘《つ》んできて、花冠《はなかんむり》を編みあげ、ベリータの頭に置いた。

「これできみは王女だ」

「頭に草を載せて？」

「花だよ、草じゃない」

ベリータは笑った。「これが大好きな花になりそう」

午後になると、いつもベリータを家まで送り、車のドアをあけて彼女が歩いていくのを見守った。ベリータは振り返ることも、手を振ることも、中へオーディを招き入れることもしなかった。オーディはそのあと何時間も、ベリータの顔の各部分や、指や、少し欠けた爪や、唇をいざなうような耳たぶを思い描こうとした。その日の気分に応じて細部を少し変えた。純潔の乙女、王女、母親、娼婦。さまざまな姿は幻覚ではなく、ひとりの女のなかにいる変幻自在の恋人だった。

相変わらず勇気がなく、オーディは何も言わなかった。その後ひとりになってから、思いを熱く雄弁に語り、論じるのだった。あすこそ、と自分に言い聞かせた。あすがその日だ。

そして、ある午後、ベリータのためにドアをあけると、去ってしまう前に手首をつかんで自分へ引き寄せ、唇をぶつけるようなぎこちないキスをした。

「やめて！」そう言って、ベリータは押しのけようとした。

「愛してる」

「ばかなこと言わないで」

「きみはすばらしい」

「あなたは孤独なのよ」

「もう一度キスしていい？」

「だめ」

「きみといっしょになりたい」

「わたしを知らないくせに」

オーディはベリータを両腕で抱いた。激しくキスをし、きつく抱きしめて唇を開かせようとしたが、固く閉ざされたままだった。放すまいとしているうちに、しだいに体がゆだねられ、閉じていた歯が開かれ、頭がゆるやかに後ろへ反り、両腕がオーディの首にまわされた。

「あなたと寝たら、もうかまわないでくれる?」ベリータが尋ねた。そこまで許すとどうなってしまうのかを恐れているらしい。

「いや」オーディはそう答えると、ベリータをかかえあげて家のなかにはいった。もつれる足で寝室にはいるなり、ふたりはぎこちない手つきであわただしく服を脱いだ。ボタンをはずし、ホックをはずし、震えながら服を引っ張り、ズボンを蹴り、片足でバランスをとり、ほんの一瞬でも互いを放すまいとした。オーディは唇を噛み、ベリータは髪をつかむ。オーディはベリータの手首をつかんで、頭の上で押さえつけ、息を吸いつくすかのようにキスをした。

行為そのものは簡単で、すばやく、熱く、汗だくで、狂おしかったが、すべてがゆっくりに感じられ、時間が滑り落ちていくような感覚にオーディは圧倒された。それ以前に女性の経験がなかったわけではないが、ほとんどが寮の部屋でのことで、映画スターのポスターや家族の写真に囲まれたなかでの滑稽で不器用な体験だった。大学にいたころの相手は、擦り切れた服を着て、フェミニズムの啓蒙書《けいもうしょ》やシルヴィア・プラスの詩集を読む芸術家気どりの女の子ばかりだった。一夜を過ごすと、オーディは日がのぼる前に抜け出し、あとで連絡しなくても気にする相手ではないと自分を納得させたものだった。

それまでに付き合った相手は、媚びるしぐさや服装や秘密めいた行動で歓心を買おうとしたものだが、ベリータはオーディに対してもだれに対しても、気を引こうなどとはしなかった。ベリータは独特だった。ことばにする必要がなかった。互いの考えを知る必要すらなかった。わずかな目の動きで、少し口角があがるだけで、かすかな笑みが漂うだけで、オーディを動かすことができ、深い井戸の底を見ている気分にさせた。オーディは落ちるだけでよかった。

ほかに何を覚えているだろう? 何もかもだ。糖蜜色の肌、体のにおい、気高そうな鼻と濃い眉、唇にわずかに光る汗、シングルベッド、床に脱ぎ散らかしたふたりの服——洗濯を繰り返して色が抜けた木綿のワンピース、サンダル、安物の青いショーツ。小さな銀の十字架がついた鎖が首に掛かり、乳房はオーディの手のくぼみにぴったりおさまった。絶頂に達すると、ベリータは途方に暮れた猫のような声をあげた。

「わたしはアーバンの女よ」うわの空でオーディの手首をなでながら、ベリータは言った。

「ああ」オーディはろくに聞かずに返した。ベリータにふれられると、電流が走って体が麻痺《まひ》した。ベリータの手をとり、指をからませていると、全人生がこの柔らかくあたたかいひとときに集約された。

ふたりはもう一度愛し合った。アーバンが帰ってきてふたりを捕らえるかもしれないという不安も、オーディにふしだらな女だと思われる不安もあっただろうが、それでもベリータは、腿のあいだに感じるオーディの重みや、耳に届く息差しの速さや、汗にまみれて突きあげてくる体の動きのすべてを渇望しているようだった。

やがてベリータは起きあがり、トイレへ行った。オーディはベッドの端にすわり、闇に目を慣らした。ベリータがもどると、うなじに沿って指先を滑らせ、背骨の下まで動かし、体の芯《しん》をたしかめるかのようにゆっくりと上下させた。ベリータは身震いし、その全身にさざめきがひろがっていく。物憂げに何かつぶやくと、体をまるめた。眠りに落ちる。オーディも眠り、明け方近くに目覚めた。水の流れる音がする。バスルームからベリータが現われた。身支度の途中だ。ショーツを穿く。

「もう行って」

「愛してるよ」

「さあ、行って！」

28

ヒューストンの第三住区にはささやかな商業地域があり、質屋、タコスの売店、教会、ストリップクラブ、さびれたバーなどが並んでいるが、どの店にも安全対策として金網入りの窓と補強されたドアがある。

そんな一軒の外でモスは立ち止まった。窓の上の看板には〈フォー・エース保釈保証代行〉とあり、その下に抒情《じょじょう》たっぷりの惹句《じゃっく》が付されている——〝赤ちゃんのパパが刑務所に？　貴金属を処分して保釈金をおさめましょう〟。

モスは両手で目のまわりを囲い、頑丈な金網の向こうを観察する。宝石や腕時計や電化製品でいっぱいのショーケースが見える。ヒスパニックの大柄な女がモップとバケツ入りの石鹼水で床を磨いている。モスはノックをし、二重錠を強く揺さぶる。掃除係の女がドアをわずかにあける。

「レスターを探してる」

「ミスター・デュバリーはここにはいないよ」

「どこにいるのかな」

女はためらう。モスは札束から十ドル札を出す。吹いてもいない風に飛ばされてしまうとばかりに女は札をひったくり、道路の向こうにある安っぽいナイトクラブを指さす。ひとつだけともったネオンサインでは、ステットソン帽をかぶった裸のカウガールが投げ縄をまわしている。

モスは女へ目をもどすが、すでにドアが閉まっている。

「ありがとう」いない相手に言う。「おれも会えてうれしかったよ」

道路を渡って、暗いナイトクラブへはいろうとするが、ステップの最後の二段を踏みはずしそうになり、つまずきながら広い空間へ足を踏み入れる。汗とビールのにおいと、脂ぎった体臭が入り混じっている。長いカウンターと平行して鏡張りの壁があり、そこに設《しつら》えた棚にはありとあらゆる形や色の酒瓶が並んでいる。丸い瓶、細長い瓶、赤い封蠟が押された瓶、ねじ蓋のついた瓶もある。

レスター・デュバリーは両肘をカウンターに突き、バーボンで染まったクラッシュアイスのグラスにかぶさるように背をまるめている。節くれ立った手をした太り肉《じし》の男で、耳から白髪交じりの毛が束《たば》になって飛び出している。ペイズリー模様のヴェストは、突き出た腹のせいでボタンがかけられない。

レスターの頭の後ろでは、トップレスの女がスロープで体をくねらせている。スパンコールをちりばめたバタフライとスパイクヒールを身につけ、照明で肌がピンクに染まっている。胸は大きいが少し垂れていて、肌のほかの部分より白く、ぼんやりとした線が蜘蛛《くも》の巣のようにひろがっているのが見える。その前のテーブル席には五、六人の男がすわっているが、彼らの興味は、思いきり体をかがめて脚のあいだから顔をのぞかせる別の踊り子の裸体へ向けられている。

モスを見ても、レスターは驚いた様子を見せない。ほとんど反応を示さない。

「いつ出たんだ」

「おととい」

「最後までつとめるんだと思ってたが」

「計画が変わってね」

レスターはグラスを額に押しつける。モスはビールを注文する。

「何年になる？」

「十五年だ」

「ずいぶん変わったろ。iPadやスマートフォンなんて初耳じゃないか」

「おれは刑務所にいたんだ。アーカンソー州にいたわけじゃない」

「キム・カーダシアンは知ってるか」

「だれだ」

レスターは膝を叩き、金歯を見せて笑う。

ひとりの酔客が体の柔らかいストリッパーのほうへ突進しようとし、用心棒にヘッドロックをかけられて、外に引きずり出される。

「なぜあんな仕打ちをするんだろうな」レスターが言う。「女のほうは気にしやしないのに」

「女に訊いたのか」

「ここはこの半年で二度、ガサ入れを食らったんだ。おれに言わせりゃ、税金の無駄づかいだな」

「あんたが税金を払ってるとは知らなかった」

「まじめな話だよ。私生活で何をしようと、他人には関係ないことだろ。ここみたいなストリップクラブで、本人がばか高い酒に金を使いたいのなら、そうさせときゃいいじゃないか。そうやって、どこかの貧しい女が子供に食わせたり、自分が学校へかよったりするのを助けてんだから。こんなきびしいご時世で、それがどう道徳に反するってんだよ」

「あんたは小さな政府を望んでるのか」

「おれは資本主義者だ。でも、この国にはびこってる、女房の尻に敷かれたみたいな取り澄ました資本主義じゃないぞ。真っ当な資本主義にお目にかかりたいんだよ。金を持ってたら自分の思いどおりになんでもできる、そんなアメリカが見たいんだ。大金を投じてカンザス州をコンクリート漬けにしたいって？　やりたきゃ、やればいいさ。石油もガスも水圧で採っちまうって？　金を出せるなら、やればいいさ。だが実際は、規制やら法律やらが山ほどあるし、いまいましい環境保護論者だの、労働組合だの、ティーパーティー運動にいそしむネアンデルタール人だの、大げさに騒ぐ社会主義者だのが邪魔立てする。ほっといて、金に決めさせりゃいいじゃないか」

「本物の愛国者みたいな口ぶりだな」モスは言う。「そいつにアーメン！」酒をあおり、また背中をまるめる。

レスターはグラスを掲げる。

「ところで、なんの用だ」

「エディ・ベアフットと会いたい」

「頭がいかれたのか？　おまえ、出てきたばかりじゃないか」

「情報がほしいんだ」

レスターは氷を噛みしめる。「電話番号を教えてやろう」

「いや、直接会いたい」

レスターは疑わしげにモスを見る。「あっちが会いたくないとしたら、どうする？」

「おれはオーディ・パーマーの友達だと教えてやれ」

「あの金がからんでるのか」

「あんたの言ったとおりだよ、レスター。いつだって大事なのは金だ」モスはビールを口へ運び、ゆっくりと時間をかけて飲む。「もうひとつ頼みたい」

「なんだ」

「四五口径の銃が要る。前のないやつだ。弾薬もいっしょに」

「おれはおまえのなんなんだ」

「金は払う」

「わかったよ」

29

バルデスは小型トラックをモーテルの少し手前に停め、六車線道路を荒々しく進むトラックが風を巻き起こすなか、あおられながら最後の二ブロックを歩いていく。冷気で縮こまったまま、モーテルの入口で立ち止まると、そこではヤシの木の端々が風にたわみ、揺れる葉の向こうに銀の皿さながらの月が見える。

夜間管理人はヒスパニックの中年男で、カウンターに足を投げ出して小さなテレビを観ている。番組はメキシコのメロドラマで、俳優はヘアスタイルも服装も二十年は流行遅れで、いまにもセックスか喧嘩のどちらかをはじめそうな話し方をしている。

バルデスが保安官のバッジをちらつかせると、管理人は不安そうに視線を返す。

「この男を見かけたことがあるかな」バルデスはオーディ・パーマーの写真を見せながら尋ねる。

「ええ、ありますけど、ここ数日は見てません。髪はこんなじゃなかった。もっと短いです」

「部屋を借りたのか」

「借りたのはいっしょにいる女です。二階の部屋ですよ。子供がひとりいる」

「何号室だ」

管理人はコンピューターをチェックする。「二三九です。名前はカサンドラ・ブレナン」

「乗っているのはどんな車だ」

「ホンダです。ひどく古い。荷物でいっぱいでね」

バルデスはもう一度写真を指し示す。「この男を最後に見たのはいつかな」

「わたしは昼間はいないもので」

「で、いつだ」

「おとといの夜でした。何をやらかしたんです」

「お尋ね者の逃亡者だ」バルデスは写真をポケットにしまう。「両側の部屋は？　だれかいるのか」

「二日前からいません」

「部屋のキーをくれ」バルデスはカードキーを受けとる。「五分してもどらなかったら、この番号に連絡して、助けが必要だと言うんだ」

「どうして自分で電話しないんですか」

「まだ助けが必要かどうかわからないからだ」

目が覚めたとき、夢を見ていたという妙な確信があるのに、夢そのものの記憶がない。オーディはいつもの痛みを感じる。たったいま自分の意識の端から何かがこぼれ落ちた。ちらりと見えていたのに、もう消えてしまった。過去はいつもそんなふうだ――塵《ちり》とごみが渦巻いている。

オーディは目をあけるが、音が聞こえたのか、気圧の変化を感じたのかはわからない。ベッドから出て、窓の前へ行く。外は暗い。静かだ。

「どうしたの？」キャシーが訊く。

「わからないけど、もう発つよ」

「なぜ？」

「そのほうがいいから。きみはまだいるといい。警察以外には、ドアをあけないように」

キャシーはためらって、下唇を嚙み、何か言いかけて思いとどまったらしい。オーディはブーツの紐を結び、リュックサックをつかむ。ドアを細くあけ、廊下の左右をうかがう。駐車場ではなんの動きもなさそうだが、周囲一帯に見えない影がひそんでいる気がしてならない。フロントのあたりが少し目にはいるが、デスクの奥には人の姿が見えない。

廊下は急に右へ曲がっている。壁に身を寄せながら階段のほうへ行こうとして、だれかが近づく音を聞く。手近のドアには〝掃除用具〟と記されている。ドアノブを動かすと、ゆるんでいやな音がする。安物の錠だ。ドアを肩で押しあけ、中へはいってから引いて閉める。手押し車に濡れたモップや箒《ほうき》が立ててある。
ドアの前を影が通り過ぎる。恐怖で喉を詰まらせながら、さらに数秒待つ。そのとき「警察だ！」と叫ぶ声がし、女の悲鳴があがる。オーディはすでに走りだしている。階段の下で右へ曲がり、停まった車のあいだをカニのようにすり抜けて、裏手の壁にたどり着く。のぼる。越える。反対側へどさりと落ちる。また走りだし、工場の敷地を抜けたのち、傾斜路へ通じる門があいているのを見つける。人々の叫び声が響く。銃声。警報。怒号。

人生の道筋はほんのわずかな選択で決まるという考えを、バルデスはずっと正しいと思ってきた。それらは正否の選択とはかぎらないが、それぞれが異なった進路へ導く選択である。州警察ではなく海兵隊にはいっていたら、どうなっていただろうか。アフガニスタンかイラクへ行き着いたか、死んでいたかもしれない。サンディがレイプされた夜に非番だったら、どうなっていただろうか。サンディに会うことも慰めることもなく、恋に落ちることもなかったはずだ。そして、マックスが夫婦の人生に姿を現わさなかったら？　あまりにも多くの〝もしも〟や〝しかし〟や〝ひょっとしたら〟が存在するが、ほんとうに意味があるのはひと握りしかない。それらだけが人生を変える力を持っているからだ。

バルデスはモーテルの部屋の外で立ち止まり、官給のリボルバーをたしかめるが、それを肩のホルスターへもどすことにする。代わりに、右膝の下にくりつけてある予備の銃を引き出す。仕事に就いてまもないころ、九〇年代の経費削減のための人員整理や政治的公正をめざす粛清《しゅくせい》を切り抜けた保安官から教わったことだ——いつ必要になるかわからないから、足がつかない予備の銃を持ち歩け、と。そちらは小ぶりなセミオートマティックで、壊れたグリップをビニールテープで補強してある。使用歴なし。所有者特定不能。

廊下の柵の向こうへ目をやる。駐車場に人はいない。プールをふちどるコンクリートの上で、ヤシの葉の黒い影が揺らいでいる。二三九号室のドアに耳をつけ、気持ちを集中させる。何も聞こえない。カードキーをパネルの溝に通す。赤いランプが緑になって点滅する。ノブをまわし、ドアをわずかにあける。部屋は真っ暗だ。

女がはじかれたように起きあがり、シーツを体に巻きつける。目を大きく見開いている。ことばも出ない。バルデスは部屋を見渡す。ベッド二台、床。銃を左右に動かす。

「やつはどこだ」小声で尋ねる。

女の口があく。声が出ない。

バスルームから影が出てくる。バルデスは無意識に反応し、「警察だ！」と叫ぶ。銃口から光が飛び出す。少女が後ろに倒れ、血しぶきが鏡に散る。母親が悲鳴をあげる。バルデスは銃の向きを変える。もう一度撃つ。母親の額に穴があく。体が横ざまに崩れ、シーツを引きずりながらベッドの下へ滑り落ちる。

瞬時の出来事だが、バルデスの脳裏にはスローモーションの映像として焼きつく――銃を動かす、引き金を引く、銃の反動と撃つたびの鼓動を感じる。

発砲を終えたバルデスは、その場で凍りつく。自制を失って、行きすぎたことをした。手の甲で口をぬぐい、冷静に考えようとする。パーマーはここにいた。いまはどこだ？自分は何をした？

だれかが階段を駆けおりていく。バルデスは窓に走り寄り、黒っぽい人影が駐車場を走り去るのを目で追う。隣室との境のドアを蹴破り、駆け抜けながら叫ぶ。「止まれ！　警察だ！　銃を捨てろ！」

廊下を全力で進み、官給のリボルバーをホルスターから抜く。それを頭上に掲げて、空中へ二発撃ってから、階段を勢いよく走りおり、停まった車のあいだを縫うように進んでいく。携帯電話を出して九一一を押す。

「銃撃あり。武装した逃亡犯を追跡中……。エアライン・ドライブのモーテル、スター・シティ・インだ。女と子供が撃たれた。救急隊を頼む」

塀を跳び越え、工場の積み荷置き場を突っ切って、巨大なコンクリートの排水路に出る。中央を流れる水が悪臭を放っている。バルデスは銃を左右に振りながらぐるりと一回転して、周囲を確認する。携帯電話を手にしたままだ。「応援とヘリコプターを要請する」

「ああ。排水路沿いを東へ向かっている。ここは右に工場、左に林がある」

「まだ犯人が見えますか」

「ああ。排水路沿いを東へ向かっている。ここは右に工場、左に林がある」

「犯人の特徴を教えてください」

「名前を言える――オーディ・パーマーだ」

「どんな服装をしてますか」

「暗くて見えない」

イースト・ホイットニー・ストリートとオックスフォード・ストリートとヴィクトリア・ドライブへパトロールカーがまわされる。まもなくサイレンが聞こえるだろう。

バルデスは歩みをゆるめ、やがて立ち止まる。膝に手を突いてしゃがみこみ、息をあえがせる。汗が目にはいり、背中を流れ落ちる。胸を上下させながら、足もとの壊れたコンクリートへ苦いものを吐き出す。悪態をつく。震える。また手で口をぬぐって、気持ちを落ち着かせ、事態を見きわめようとつとめる。考えろ。深呼吸だ。計画を立てろ。

ハンカチを出し、処分するほうの拳銃から指紋を拭きとる。銃身。引き金。トリガーガード。安全装置。排水路の上からほうり投げる。銃はコンクリートで二度跳ねて、水中へ落ちる。

バルデスは大げさに息をつき、電話を持ちあげる。

「どうやら見失ったらしい」

オーディはよどんだ水をはね散らしながら、排水路を南へ進んでいく。ネズミが鳴いては穴へ逃げこみ、いくつものショッピングカートが橋から身投げをした跡がある。

このような開けた場には慣れていない。何もない空間の力との戦いを強いられるが、その力に引き裂かれて粉々になりそうな気がしてならない。何年もいた場所は壁や塀や鉄条網に囲まれて、背後を守られていたので、四方に気を配って戦う必要はなかった。

警察はどうやって自分の居場所を知ったのか。キャシーが通報したにちがいない。それを責めるつもりはない。キャシーが事情を知っていたはずがあるまい？　若いが、すでに燃えつきていて、生きていくことさえおぼつかないので、勝算もないのに賭けに踏みきったのだろう。

オーディ自身は、引き返すこともやりなおすこともできないから、ひたすら前へ進むしかない。さっき銃声が聞こえた。それを考えただけでめまいがし、何時間も耳のそばで叫ばれて脳裏に恐ろしい羽音が焼きついたかのようだ。オーディは遺体袋のようにふくらんだ黒いごみ袋の横を走っていく。金属のドアのついた平屋根の倉庫が並ぶ。かすんだ霧とジャガイモの輪切りを思わせる月を背景にして、建物の切妻屋根がくっきりと浮かびあがっている。オーディは鉄道橋の下で立ち止まり、ブーツを脱いで水を捨てる。東西に走る貨物列車の線路を見ながら、排水路から這い出し、線路をたどっていく。でこぼこの小石につまずきながらも、白んできた空をめざして歩く。

キャシーとスカーレットはだいじょうぶだ。ふたりは何も悪いことをしていない。自分が脱獄犯だと知らなかったのだから。そもそもふたりの助けを借りるべきではなかった。だれにも近づくべきではなかった。約束など交わすものではない。それがすべての発端だった。〈ベリータと約束を交わした。その後、刑務所では死なないと自分に約束した。

カシミア・トランジット・センターで、中心街へ向かうバスに乗ったところ、夜勤明けの労働者や早朝の通勤客は頭を窓に預けてまだ半ば眠っている。だれも目を合わせようとしない。だれも話さない。刑務所と似たようなものだ、とオーディは思う。目立つよりも溶けこむことが肝心だ。

オーディ自身も見かけにさほど特徴はなく、個性や印象深さがあるわけでもない。だれかのパンチバッグにされるのはなぜなのか。近くの映画館で上映中なのは――〈ハニー、お尻に一発〉。

バスをおりると、そこはアストロズの本拠ミニッツ・メイド・パークの片隅だ。疲れきって、もう動きたくないが、気持ちは安まりそうもない。オーディは球場の出入口に横になり、リュックサックに頭を載せて目を閉じる。

30

デジレー・ファーネスはモーテルの部屋を歩き、少女の死体に近づく。その目は驚きで見開かれている。金髪が血で固まり、開いた手の一インチ先には毛糸の髪がついた布の抱き人形が転がっている。人形を拾いあげて少女の腕にかかえさせてやりたい思いを、デジレーは押し殺す。

母親はベッドと壁のあいだに横たわっている。全裸だ。下腹のあたりが少しふくらみ、腰のくびれに渦巻き模様のタトゥーがある。金髪。そばかす。美人だ。アーク灯は明るさであらゆるものを漂白するが、死の瞬間に漏れた排泄物《はいせつぶつ》のにおいや、頭上の壁に残る血しぶきの色を消すことはできない。

鑑識官たちにはまだまだ仕事が残っている。男が三人、女がひとり。小ぎれいな白いジャンプスーツにヘアネット、ビニールのオーバーシューズという恰好で、紫外線ランプをセットしてマットレスの精液の染みを検査している。デジレーはふたつのベッドをじっと見つめる。どちらも使った形跡がある。女は起きあがろうとしたところを撃たれているが、女の子はなぜバスルームの近くにいたのだろう。

机とテレビのあいだのごみ箱には、ファストフードの包み紙と雑誌が押しこんである。ほかには、何かのパンフレット、綿棒、まるめたティッシュ、朝食用シリアルの空き箱、ゴキブリ退治のスプレーの空き缶。鏡の下端には、子供の描いた絵がはさんである。スカーレットという名前が、一字ごとに色を変えてクレヨンで書かれている。

外では、明滅する閃光《せんこう》がモーテルをさまざまな色に染めている。駐車場に集まった見物人は、パトロールカーや救急車をもっとよく見ようと首を伸ばす。スマートフォンで写真を撮る者もいる。かがみこんでメールを打つ者もいる。数人の地元警官が死体を一瞥しようと室内をのぞきこみ、しばらくして後悔の表情を見せる。

デジレーは朝の五時過ぎに起き、ヒューストンの市街地を車で抜けてこの安モーテルまで来た。渡り労働者、売春婦、その斡旋人、もろもろの変人——写真入りの身分証を呈示でき、ひと晩四十九ドルを支払える者ならだれでもここに泊まれる。捜査官のなかには、このような殺人事件を捜査する機会を待ち焦がれ、犯人を捕らえて拘束することに大きな喜びを見いだす者もいる。デジレーは早く自分のベッドにもどりたいとしか思えない。

ほかの捜査官にはパートナーや子供がいて、日常にもどれる暮らしがある。デジレーにはだれもいない。交際していたスキーター、本名ジャスティンとは一年前に別れた。妙な声色を使い、おかしな愛称を連発し、七歳の子供を扱うように話しかけ、ふつうにしてと頼んでも取り合ってくれなかったので、しまいには怒鳴りつけて揺さぶってやりたい、今回のような現場を見せてやりたいと思ったが、ただ荷物をまとめて出ていくよう言ってやった。

少女の死体のそばにかがみこんだデジレーは、カーペットに血染めの靴跡がついているのに気づく。隣室との境のドアにある壊された錠を調べ、この部屋で起こったことを再現しようと試みるが、まったく頭に浮かばない。

デジレーは少女の目にかかった髪をどけ、この子に質問できたらどんなにいいか、答が返ってきたらどんなにいいかと思う。

手袋をはずし、新鮮な空気を吸いに外へ出る。死んだ女の車のそばにほかの鑑識官たちがいて、廊下に沿って指紋を採取しながら、ごくふつうの一日だと言わんばかりに軽口を叩いている。仕切っているのは三十代半ばの男で、顔の肉づきがよく、目の下に隈《くま》がある。デジレーは自己紹介をするが、手袋をはめた手は握らない。

「何かわかりましたか」

「撃ったのは三発か、もしかすると四発。母親に二発、子供に一発」

「銃は?」

「二二口径のセミオートマティックでしょうね」

「犯人はどこにいたんでしょうか」

「まだ断定できません」

「推測では？」

「母親はベッドにいました。娘はバスルームから出てきた。おそらく犯人は部屋の中央、バスルームではなく窓に近いほうに立っていたと考えられます」

デジレーは顔をそむけ、髪を指で梳かす。「弾道検査の結果が出たら、すぐに教えてください」

テレビカメラのスポットライトのせいで、しばらく前が見えない。記者たちが駐車場から質問を投げかける。地元のテレビ局とラジオ局からレポーターが来ている。ヘリコプターが頭上を旋回し、朝の速報用の映像を撮影している。警察関係者を有名人に変身させ、大衆を怯えさせて銃や盗難警報器を買わせるのだろう。

捜査班が借りたモーテルの空き部屋で、ライアン・バルデス保安官が待っている。ステットソン帽の鍔を引きおろし、うたた寝でもするかのようにベッドに横たわっている。官給のリボルバーはすでに検査にまわしてあり、両手はビニール袋に包まれているが、だれかがコーヒーを出してある。

この保安官に会ったことはないが、デジレーはたったいま見てきた部屋の様子から、かなり考えを固めてある。バルデスが体を起こして、帽子を引きあげる。

「なぜ最初から応援を要請しなかったんですか」デジレーは尋ねる。

「はじめまして」バルデスは言う。「会ったことはありませんね」

「質問に答えてください」

「オーディ・パーマーがここにいるとは知らなかったからです」

「夜間の管理人が、あなたが見せた写真でパーマーだと確認しましたよ」

「管理人はこの二日間見かけていないと言いました」

「だから押し入ることに決めたと？」

「逮捕しようとしたんですよ」

じっと相手を見つめながら、デジレーは爪が手のひらに食いこむほどきつくこぶしを握りしめる。バッジを取り出す。バルデスは興味を示さない。ふちの赤い目をしばたたかせてデジレーを見るが、値踏みしたうえで意に介さないことにしたらしい。

「何が起こったのか、話してください」

「部屋の外から呼びかけたとき、女が悲鳴をあげ、銃声が聞こえました。ドアからはいったが、ふたりとも死んでいた。あの男は無情にもふたりを撃った。射殺したんです。良心のかけらもない」

デジレーは椅子をとり、保安官の前に据える。その口の端から血が少し出ている。

「どうしたんですか」顔を指さして、デジレーは訊く。

「木の枝があたったんでしょう」

デジレーは鼻を鳴らし、いやな味が口のなかにひろがるのを感じて、唾を吐きたくなる。

「ここで何をしていたんですか、保安官」

「犯罪防止協会に女から電話があり、オーディ・パーマーには報奨金があるのかと問い合わせてきたんですよ」

「どうしてそれを知ったんですか」

「通信係が教えてくれたんで」

「ここはあなたの管轄じゃありません。あなたはドレイファス郡の保安官ですから」

「連絡するように頼んでありました。パーマーがわたしの自宅のそばに現われたものでね。妻と息子に話しかけてきた。家族を守るのは当然の権利です」

「それで、破れかぶれになって、チャールズ・ブロンソンばりの行動に出たと?」

バルデスの口の片隅が持ちあがる。「すべての答をお持ちのようだから、オーディ・パーマーがわたしを探しにきた理由を教えてもらえますかね、特別捜査官。脳をやられたせいか。仕返しがしたいのか。殺人者のいかれた頭のなかで何が起こっているかまで、わたしにはわからない。FBIのたどりそこねた糸を、わたしはたどったんです」

「FBIにはなんの連絡もありませんでした。そしてふたりの人間が死に、その血はあなたの手についている」

「わたしの手じゃない、あいつの手だ」

デジレーは額が締めつけられるかのように感じる。この男を好きになれない。真実を語っているのかもしれないが、口を開くたびに、母親の額にあいていた穴と血だまりに倒れていた少女の姿が目に浮かぶ。

「もう一度説明してください」一連の出来事の正確な順序を知りたい。銃声を聞いたとき、どの位置に立っていたのか。ドアをあけたのはいつか。何を見たのか。

バルデスの返答に乱れはない。自分がどう呼びかけ、どのように銃声を聞いたのかを語る。「ドアからはいったら、死体がふたつ見えました。犯人が隣の部屋へ姿を消したので、あとを追ったんです。止まれと叫びました。こっちも撃ちましたが、あいつは翼でもあるみたいに塀の上をうまく逃げていきました」

「部屋にはいるとき、あなたは銃を抜いていたんですか」

「はい」

「パーマーを追っているときに何発撃ちましたか」

「二発、いや三発だったか」

「命中しましたか」

「かもしれない。いま言ったとおり、猛スピードで消えてしまったから」

「見失ったのはどのあたりでですか」

「あいつは排水路を渡りました。そのとき何かを落としたのを見た気がします」

「場所は？」

「橋のそばです」

「どのくらい離れていましたか」

「八十ヤードか、九十ヤードくらい」

「それでも暗闇のなかで見えたと？」

「水音が聞こえたので」

「それから姿を見失った」

「ここにもどって、あの親子を助けようとしたんです」

「死体を動かしましたか」

「心拍をたしかめようとして、女の子を仰向けにしたと思います」

「手を洗いましたか」

「血がついていましたから」

バルデスは目をきつく閉じる。涙がひと粒こぼれ、顔の皺で止まる。それをぬぐう。

「パーマーがふたりを撃つとは思わなかった」

保安官助手がドアをノックする。若い。初々《ういうい》しい顔。笑っている。

「これを見つけました」親指と人差し指ではさんだ泥だらけの拳銃を掲げる。

「すごい！　自分の脳みそも見つけたの？」

保安官助手は眉をひそめる。笑みは消えている。

デジレーはジップロックの袋をあける。「それは証拠品よ、大まぬけ！」泥だらけの拳銃を滑り落とす。

保安官助手について外へ出たあと、パトロールカーと救急車のあいだを抜けて、野次馬たちのそばを歩いていく。細かいところは聞きとれないが、人々がデジレーの背の低さに驚いて、かわいらしいFBI捜査官について冗談を言ったりうなずき合ったりしているのがわかる。こういう目に遭うのは毎日のことだが、どんなに心をこめて願っても、DNAを再構成することも、腰骨を数インチとって脚に継ぐこともかなわないのは承知している。

保安官助手は工場と倉庫の裏手にある雨水用の排水路に沿って進み、コンクリートでできた橋までやってくる。懐中電灯で排水管のなかを照らし、油の浮いた水たまりを見せる。デジレーはポリエチレンの手袋をつけて斜面を滑りおり、雑草のなかを探す。砂利、割れたグラス、捨てられたゴム靴、ビール缶、ワインのボトル、ハンバーガーの包み紙。

最初に配属された支局の上司によると、捜査官はたいがい状況を上から下へと見ようとするが、必要なのはその反対だ。「犯罪者の立場に身を置いて考えろ。地の底までおりていって、彼らの目で世の中を見るんだ」

たったいま、デジレーは腐臭のする排水路をもがきながら歩いている。ここでは見あげることしかできない。

31

金属シャッターを解錠し、巻きあげる音がする。オーディが目をあげると、原色で塗られた移動式のタコス・スタンドがあり、そこにばかでかい黄色のソンブレロをかぶった耳の大きなネズミの絵が描かれている。子供のころ、〈スピーディー・ゴンザレス　全メキシコ最速のネズミ〉というアニメを観ていた。ゴンザレスは愚かな猫を知恵で出し抜いて、白人どもの手から村を救うのだ。

「大変だったようだな」コックが言い、スライスした玉葱、ピーマン、ハラペーニョ、チーズのはいったプラスチック容器をつぎつぎあけていく。グリルに火をつけ、鉄板を拭く。

「なんか作ってやろうか」

オーディは首を横に振る。

「なんか飲むか」

オーディは水のボトルを受けとる。コックは背が低くてずんぐりした体型の男で、乱れた口ひげを生やし、汚いエプロンをつけている。熱い鉄板のうえに水を撒き、ワイヤーブラシでこする。頭上の壁にはテレビが掛けてあり、〈フォックス・ニュース〉が流れている（失敗談が好きな面々向きの〝公正かつ公平〟なニュースだ）。女性レポーターが事件現場保存テープの前に立ち、カメラに向かって話している。その後ろで、ジャンプスーツ姿の鑑識官たちがホンダCR‐Vを調べている。

「けさ、ヒューストン市内のモーテルでふたりが殺害された事件で、警察は危険な逃亡犯の行方を追っています。エアライン・ドライブに面したスター・シティ・インの二階の部屋で、母親と娘のふたりが射殺されました。現場には捜査関係者が詰めかけていますが、遺体はまだ室内から搬出されていません。

事件が起こったのは午前五時少し前で、宿泊客たちは数発の銃声のあと、保安官が犯人に投降を命じる声を聞きました……」

不快なものが食道から口までこみあげる。ぐっと呑みこむが、きのう食べたものの味がする。水のボトルが手から落ち、中身が溝へこぼれていく。そのあいだに映像が目撃者に切り替わる――格子縞のシャツを着た大柄な白人の男だ。

「銃声がして、だれかが叫んでたんだ。〝止まらないと撃つぞ！〟とか。そのあと、また銃声が聞こえた。銃弾が飛びまくってたよ」

「撃った男を見ましたか」

「いや、顔を伏せてたからな」

「被害者について何かご存じですか」

「女の人と、ちっちゃな娘さんだ。きのうもふたりが朝食をとるのを見たよ。女の子はワッフルを食べてたな。かわいい子だったよ、前歯が欠けてて」

オーディはもう画面を見ていられなかった。キャシーもスカーレットも、心のなかではまだしっかり息をして生きているし、ちがうとは考えたくない。走って逃げたい。いや、戦いたい。説明を聞きたい。

「警察は追跡中の男の名前と写真を公開しました」目をあげて画面を見ると、かつて警察で撮られた自分の顔写真が映っているが、すぐにハイスクールのアルバムの写真に変わる。まるで若返るかのように、肌がなめらかで、髪が長くなり、目が輝きを増し……

画面がまた切り替わり、モーテルの全景が映る。手前にいる女に見覚えがある。前に一度刑務所に来たことのある、背の低い縮れ毛のFBI捜査官だ。強奪金の話をしにきたのに、いつの間にか書物やスタインベックやフォークナーなどの作家についての雑談を交わしていたものだ。貧困についての女性の考えを知りたかったら、アリス・ウォーカーやトニ・モリスンを読みなさいと言っていた。

コックは鉄板を磨きつづけ、テレビには注意を払おうとしない。両手を拭いて、オーディをじっと見る。「泣いてるのか」

オーディは茫然と視線を返す。

「朝めしにブリトーを作ってやるよ。腹を満たせば、人生はかならずましになる」コックは鉄板に玉葱とピーマンを載せる。「あんた、ヤクはやってるか」

オーディは首を左右に振る。

「大酒飲みか」

「いや」

「あんたを裁くつもりはないよ」コックは言う。「どんな人間にも後ろめたいことはある」

テレビのニュースはオクラホマの竜巻の話題に変わり、ワールド・シリーズの第三戦となる。オーディは背を向ける。顔がひりついて、目が熱い。自分の体に重なったキャシーの体のぬくもりがまだ感じられ、耳には吐息が、指先には体臭が残っている。自分の愚かさだ。自分のせいだ。狂気とは、同じことを繰り返しながら異なる結果を望むことだ、とアインシュタインは言った。オーディ・パーマーの人生もそれと同じだ。どの日々も。どのつながりも。どの悲劇も。

側溝にかがみこむと、何かが胸に突きあげ、鼻水が流れ、体じゅうのいたるところが痛む。むなしく、途方に暮れ、自制が働かない。考えてきた計画は、もはや意味を持たない。果たせるとも思えない。

まわりでは、人々がそれぞれに暮らしつづけている。通勤客、買い物客、旅行者、ビジネスマン、野球帽をかぶった少年、ぼろを着た物乞い――自分自身であろうと心に決めた者もいれば、別人に変わろうとする者もいる。オーディはただ生きていたいだけだ。

32

モスはキャロライン・ストリートとベル・ストリートの交差点に立って待ち、車の流れが赤信号で止まっては青信号で動くのをながめている。携帯電話へ目をやる。まだだれからも連絡がない。GPS追跡機能の話は嘘だったのかもしれない。上を向いて、白い筋雲が伸びる青空をじっと見つめ、ほんとうに人工衛星に監視されているのかと考える。手を振ったり中指を突き立てたりしてみたい。

ストレッチ・リムジンが路肩に停まり、黒人の運転手が出てきて、モスに脚を開いて車に手を突けと指示する。運転手は金属探知機を体の前面と背面、両腕と股に走らせる。モスは油布にくるんだ四五口径の拳銃を小型トラックの座席の下に置いたままで、弾薬箱と、レスターがおまけにつけてくれた猟刀もそこにある。

運転手が車内へうなずき、後ろのドアがあく。エディ・ベアフットが、まるで結婚式か葬儀に参列するかのように、襟《えり》もとに花を飾ったダークスーツ姿ですわっている。二十五歳から五十歳までのどの年齢でもおかしくないが、黄色い巻き毛と細長い脚はセピア色の写真から抜け出したような古めかしさを感じさせる。

ボナンノ一家が南フロリダから遠く離れて縄張りをひろげていた八〇年代後半、マイアミのマフィアだったエディはヒューストンに進出して自分の一派を結成し、銀行詐欺と郵便詐欺、薬物取引、売春斡旋、資金洗浄でひと財産築いた。その後は真っ当な事業もはじめたが、いまでも東テキサスではエディ・ベアフットを通さなければまともに事は運ばない。挨拶に出向くか、歩合を払うか、制裁を受けるかだ。

リムジンが走りだす。

「おまえのことを聞いて驚いたよ」襟の花を直しながらエディが言う。「いまはいってる情報では、まだムショにいるはずだが」

「情報提供者を変えたほうがいいかもしれませんよ」モスはつとめて平静を装うが、本心が声に出そうで落ち着かない。エディの額にあるくぼみに自然と目が行く。噂によると、ソケットハンマーで殴られたらしい。やったのは商売仇《がたき》の男で、のちに首まで砂に埋められて手榴弾《しゅりゅうだん》を呑みこまされたという。むろん作り話かもしれないが、エディがその話を訂正したことはない。

「それに、ずいぶんにぎやかに動いてるらしいな。神に出くわしたんじゃないかって思われてるぞ」

「会いに出かけたんですが、とっくにいなくなってました」

「おまえが来ると聞いたからかもな」

「ええ、たぶん」

この軽口を気に入ったらしく、エディは微笑んだ。深南部のにおいが声に染みついている。「で、どういうわけで出てきた」

「州が出してくれました」

「州ってのはずいぶん太っ腹だな。見返りに何を渡した」

「何も」

エディは歯の奥を小指でほじる。

「じゃあ、ただで出してやったってのか」

「人ちがいだったのかも」

エディは声をあげて笑う。モスもいっしょに笑うことにする。車は高速道路を疾走している。

「ほんとに笑えるやつだな」エディはそう言って目をぬぐう。「そんな寝言が通ると思ってるのか。出てきた理由をきっかり十五秒以内に言わないと車からほうり出すぞ。はっきり言うが、スピードを落とす気はない」

笑みは消えている。

「二日前、連中はおれを監房から引きずり出してバスに乗せ、ヒューストン南部の道端に捨てました」

「連中というのは？」

「名前は知りません。頭に袋をかぶせられました」

「なぜだ」

「顔を知られたくなかったんでしょう」

「ちがうよ、まぬけ。なぜおまえを外に出したんだ」

「ああ、おれにオーディ・パーマーを探させようってんです。やつは四日前に脱獄しました」

「そうらしいな」エディがこけた頬を指でこすると、軽い音が響く。「金を見つけようってわけか」

「そういうことです」

「いままでどれだけの人間が探したかわかってるのか」

「わかってます。でも、おれはオーディ・パーマー本人を知ってます。塀のなかで生きられるよう守ってやりました」

「だから、パーマーはおまえに借りがあると」

「そうです」

エディの顔に笑みがひろがる。〈ロー＆オーダー〉や〈ザ・ワイヤー〉に出てくる売春幹旋業者や麻薬密売組織の親玉そのものの顔だ。リムジンは貨物ターミナルと鉄道操車場と、おもちゃのブロックさながらに積まれたコンテナの横を通り過ぎ、ガルベストン湾へ向かう。

「パーマーを見つけたらどうなる」エディは尋ねる。

「電話を渡されました」

「それで？」

「おれは減刑されます」

エディはまた笑って膝を叩くが、強い口調で言う。「あきれたやつだな。おまえみたいな犯歴のやつがどうぞご自由にと出してもらえるものか」なじりながらも、自分の知らないところでだれが糸を引いているのかとエディが思案しているのが、モスには感じとれる。有罪判決を受けた殺人者を刑務所から出す力を持つ者はだれか。強力な人脈の持ち主にちがいない――司法省の役人、FBI、州議会議員。そのようなつながりは貴重だ。

「パーマーを見つけたら、まずこっちに電話をよこせ。わかったな」

逆らえるはずもなく、モスはうなずく。「ドレイファス郡の現金輸送トラック襲撃事件のことで、何かご存じですか」

「とんでもない騒動だったな。四人死んだ」

「どんな一味だったんです」

「ニューオーリンズから来たヴァーノン・ケインとビリー・ケインという兄弟がいてな。カリフォルニアで十以上の銀行を襲ったあとで、アリゾナ、ミズーリと、東へ流れてきた。仕切ってたのはヴァーノンのほうだ。あのときは、もうひとり、ラビット・バローズという仲間が襲撃に加わるはずだったが、事件前の週末に飲酒運転で捕まったんだ。逮捕状はルイジアナで発行された」

「ほかに仲間は？」

「内通者がいた」

「警備員ですか」

「たぶんな」

「オーディ・パーマーについては？」

「だれも知らなかった。兄のカールは出来そこないで有名だったがね。十七のときには公営住宅でヤクを売っていた。メキシカンブラウンやらクランクやら、全部のパイに指を突っこんでな。その後、ウェスト・ダラスの仲間と組んで、おもにATMスキミングと郵便詐欺に手を出した。ブラウンズヴィルで五年食らったよ。はいったときより出たときのほうがひどいヤク漬けになっていた。一年後、酒店で非番のデカを撃った。そして姿を消した」

「で、どこにいるんですか」

「わが黒き友よ、それこそ七百万ドルの質問だ」

エディは悲しげではなく、むしろ達観しているように見える。これほどの襲撃事件なら、ふつうは事前の情報をつかんでいるものだが、ケイン兄弟はよそ者で、カールとオーディはおそらく下調べをした雑魚《ざこ》にすぎない。

耳の通りをよくするかのように、エディは鼻をつまむ。「わたしの意見を聞きたいか。金はとっくになくなってる。カール・パーマーは砂漠の盛り土と化したか、潜伏で大金を使い果たしたかのどちらかだ。いずれにしても、やつは感謝祭の七面鳥の鎖骨よりもきれいな骨になってるだろうよ」

「どこへ行けばラビット・バローズに会えますか」

「だいたいは堅気の仕事をしてるんだが、それでもクローバーリーフのコインランドリーでいまも女ふたりに客引きをさせている。ハリス郡の学校で、床のモップがけの仕事をパートタイムでやってるよ」

ボタンが押される。リムジンが路肩に寄って停まる。三方に大海が見える。ここはモーガンズ・ポイントの先端で、隣にコンテナのターミナルがあり、産業界のコルセットとも呼ぶべきクレーンと油井やぐらがそびえている。

「ここでおりてもらう」エディが言う。

「自分のトラックまでどうやって帰ればいいんですか」

「十五年、塀のなかにいたんだ。たっぷり歩けることに感謝しろ」

33

デジレーは夜通し無線の空電音に包まれて、答が浮かぶことを祈りながら銃撃事件のことを隅々まで考えていたので、ほとんど眠っていない。そしていま、目を閉じるが、またこじあけざるをえない。だれかが後ろで仕切り板に寄りかかっている。

エリック・ワーナーがマッチ棒を嚙む。「司法次官補のオフィスから電話があったぞ。きみのことで苦情が寄せられた」

「ほんとうですか。ああ、たぶん——ジェットコースターに乗るには背が足りないと言われたんですね」

「冗談を言っている場合じゃない」

「相手はだれですか」

「ライアン・バルデス保安官だ」

「なんと言ってるんです」

「きみは口汚く強引で無礼だそうだ。ひどい中傷をされたと言っていた」

「ほんとうに中傷ということばを使ったんですか」

「そうだ」

「わたしが嘘つき呼ばわりしたんで、保安官は帰ってから類語辞典を一冊丸呑みしたんでしょう」

ワーナーはデジレーの机に片尻を載せて腕を組む。「そんな減らず口を叩くと、ろくなことにならないぞ」

「わたしから減らず口を取りあげたら、意思疎通の手段はモダンダンスぐらいしかありません」

ワーナーはこれには微笑む。「ふだんのきみは地元の捜査関係者にいやがらせなどしないじゃないか」

「あの人に踏みこむ権利はなかったんです。応援を呼ぶべきでした。ＦＢＩに知らせるべきでした」

「そうすれば結果はちがったと思うかね」

「母親と娘はまだ生きていたかもしれません」

「それはわからないだろう」

デジレーは不満顔で鼻の先を掻く。「そうかもしれませんが、無謀な警察官と犯罪者を隔てる垣根は低いんですよ。バルデスはその垣根の上でわたしたちを笑い飛ばしながら踊っていると思います」

ワーナーは嚙んだマッチ棒をごみ箱へ捨てる。ほかにも伝えることがあるのだが、うれしい話ではない。

「この事件はフランク・セノーグルスが引き継ぐ」

「えっ？」

「きみより上級だからな。いまや殺人事件でふたり死んだ」

「でも、わたしも捜査チームに残れるんでしょう？」

「セノーグルスに訊いてくれ」

言いたいことは山ほどあるが、デジレーは失望と恨めしさを覚えつつも、唇を嚙んでワーナーを見つめる。

「チャンスはあると思う」ワーナーが言う。

「もちろんそう信じています」そう言ってデジレーは机の書類に目をやる。

顔をあげると、ワーナーの姿はない。少なくとも、取り乱したり懇願したりの醜態を演じなくてすんだ。セノーグルスと話して……ご機嫌をとるしかない。冷静な第三者なら愛憎関係と呼ぶであろう腐れ縁が、ふたりのあいだにはある。セノーグルスはデジレーを口説くことを何より愛し、デジレーはセノーグルスのうぬぼれと権高《けんだか》さを憎んでいる。多くの現場捜査官は進んで関係者と取引をし、バッジがもたらす役得を堪能する。催促し、まるめこみ、嘘をつき、脅すことで成果をあげ、競い合うかのように、あとでそれを自慢し合う。解決した件数がいちばん多いのはだれだ？　塀に小便をいちばん高くかけられるのはだれだ？

女のデジレーは、小便の話となるとどうしても不利であり、背の低さはつねに物笑いの種だったが、セノーグルスはデジレーがＦＢＩにいること自体を屈辱と見なしているようだった。

捜査会議が正午にはじまる。セノーグルスがスウィングドアから颯爽《さっそう》と現われ、握手とハイタッチを交わしたあと、近くに集まるよう全員に伝える。オフィスの椅子が移動する。円陣ができると、セノーグルスは捜査官たちに向かって演説をはじめ、背筋を伸ばして自分の声の響きに聞き入っている。歳は四十代前半、瞳を強調する青いコンタクトレンズと矯正で整えた歯を輝かせ、髪はＪＦＫカットだ。

「集まってもらった理由は知ってのとおりだ。母親と娘が死んだ。有力容疑者はこの男、オーディ・パーマーだ」写真を掲げる。「有罪判決を受けた殺人犯だが、現在逃亡中で、最後に目撃されたのはこの付近だ」ヒューストンの大地図でその地域を示す。

セノーグルスは捜査官のひとりに顔を向け、死亡した被害者について尋ねる。

「カサンドラ・ブレナン、二十五歳、ミズーリ州生まれ、父親は聖職者です。十二歳で母親を亡くしました。九年生のときに退学し、何度か家出をしています。その後、美容とメイクアップの仕事をはじめました」

「テキサスへ来たのはいつだ」

「六年前です。姉の話では、アフガニスタンで死んだ兵士と婚約していたそうですが、相手の家族は認めていません。一か月前まで姉のもとに身を寄せてウェイトレスをしていましたが、義兄とのあいだに問題が生じました」

「問題というのは？」

「義兄がカサンドラに少し関心を持ちすぎたようです。姉に追い出され、それ以来カサンドラは車で寝起きする毎日でした」

「ほかにわかったことはないか」

「駐車違反の罰金が未納で支払い命令書が二回発行されたほか、ひとり親家庭手当の過剰支給分六百五十ドルの返納がまだです。それを除けば、逮捕歴なし、偽名使用なし。ほかに近親者はいません」

「パーマーと出会ったいきさつは？」

「刑務所の面会者名簿には名前がありません」別の捜査官が言う。

「前の事件でも捜査線上にあがりませんでした」三人目が付け加える。

「当時まだ十四歳だったはずです」ひとり目が言う。

「モーテルで客をとっていたのかもしれないな」セノーグルスは言う。

「夜間の管理人によると、それはなかったようです」

「管理人にも取り分があったんだろう」

写真がホワイトボードにピンで留められる。キャシーが在籍した高校の卒業アルバムからとった一枚だ。子馬のような活力と内気さが相半ばして見え、鮮やかな金髪は前を切りさげてある。

「州警察が付近を一軒ずつまわり、犬を使って庭や納屋を調べている。われわれより先にパーマーを捕らえるかもしれないが、わたしが知りたいのは、パーマーがいままでどこにいて、だれと接触し、どこで銃を手に入れたかだ。家族、友人、知人に聞きこみをしろ――少しでもつながりがあるか、手を貸しそうな人間全員だ。子供のころよく遊んだ場所があるかどうかを調べろ。キャンプに出かけたことはあるか、慣れ親しんだ場所はどこかもだ」

デジレーが手をあげる。「パーマーはダラスで育ちました」

セノーグルスは驚いた顔をする。「そこにいたとは知らなかったよ、ファーネス特別捜査官。つぎからは、椅子の上に立ってもらわないと」

笑い声が起こる。デジレーはやり過ごす。

「で、なぜここにいるのかな」セノーグルスは尋ねる。

「捜査に加えていただきたいんです」

「人手は足りている」

「わたしは最初の襲撃事件と消えた強奪金についてずっと調査してきました」デジレーは言う。

「もはや強奪金の問題ではない」

「パーマーの精神鑑定書と服役記録に目を通しました。本人と話したこともあります」

「いまの居場所を知っているのか」

「いいえ」

「そうか、では、あまり役に立たないな」セノーグルスは額のサングラスをとってケースにしまう。

デジレーは立ったままだ。「オーディ・パーマーの母親は現在ヒューストンに住んでいて、姉はテキサス小児病院に勤務しています。ライアン・バルデスは十一年前にパーマーを逮捕した捜査関係者のひとりです」

セノーグルスは片足を椅子に載せて、肘を膝に突き、塀から身を乗り出すような恰好をする。古い磁器の細かいひびのように、目尻に小さな皺が寄っている。

「何が言いたい」

「オーディ・パーマーが釈放前日に脱獄し、その後、自分を逮捕した相手の自宅周辺に現われたというのは、奇妙なことだと思います」

「ほかには？」

「モーテルの夜間管理人が写真を見てパーマーだとはっきり認めたにもかかわらず、バルデスが応援を呼ばずに取り押さえようとしたのも、妙な話です」

「バルデスが怪しいというのか」

デジレーは答えない。

セノーグルスはまわりの捜査官たちへ目を向ける。ふたつの気持ちのあいだを揺れているらしい。そして姿勢を正す。「よし、チームへの参加を認めよう。ただし、保安官には近づくな。何もしてはいけない」

デジレーはなんとか食いさがる。

「パーマーはバルデスの家の外にいたんですよ。無視できないのは当然です。わたしたちがいまだれを追っているのかを忘れないでください。パーマーがなんらかの報復行動をはじめているとしたら、標的になりうるほかの人たちにも目を向けるべきです。判事、弁護士、地方検事。全員に知らせなくてはなりません」

「保護したらどうだろう」だれかが言う。

「本人から要請があればな」

34

ジェンソン・ドライブにあるグラナダ・ムービー・シアターは、九〇年代半ばから廃墟と化している。打ちつけられた板。スプレーペイントの落書き。こびりついた鳥の糞《ふん》。半マイル先に複合型映画館ができ、人の足が遠のいた。一九五〇年代に建てられたのだが、当時はノース・ヒューストンがハンブル南部随一のショッピング街で、家族連れが土曜の午前中に繰り出して、親が食料品の買い出しにいそしむあいだ、子供たちは二本立ての映画を観ていたものだ。

オーディが大学時代にアルバイトをしたラモンツ・ベーカリーは通りの向こうにあったが、いまではグレート・ウォールという名の中華料理店に変わっている。ベーカリーの主人のミスター・ラモントは、テキサスが生んだ誉《ほま》れ高き軍人オーディ・マーフィの姿をグラナダ・シアターで拝んだ経験について、同名のオーディに語り聞かせたものだった。自伝映画〈地獄の戦線〉の宣伝で当人がヒューストンを訪れた日のことだという。

「だからおまえを雇ったんだ――これまでに会った最も勇敢な男と同じ名前だからな。オーディ・マーフィが何をしたか知ってるか」

「いいえ」オーディは言った。

「燃えさかる戦車の上で足を炎に焼かれながら、マシンガンをぶっぱなしてたんだ。自分はしこたま弾を食らってるのに手当ても受けず、仲間が助かるまで撃ちつづけた。何人のドイツ兵を殺したと思う？」

オーディは肩をすくめた。

「いいから、あててみろよ」

「百人」

「ばか言え！」

「五十人ですか」

「あたり！　五十人のドイツ人を殺したのさ」

オーディはいつかその映画を観るとミスター・ラモントに約束したが、その機会は訪れなかった。それがなんだか悔やまれた。

いま、オーディはその映画館の横からまわりこみ、非常階段をのぼっていく。南京錠のかかった非常口を蹴ると、蝶番の錆びたドアが勢いよく開き、じめつく壁の漆喰を叩く。黴《かび》と腐敗のにおいが漂う空っぽの建物をオーディは探索する。座席が取りはずされた館内はいまや傾いた洞窟そのもので、カーペットの切れ端やねじれた金属片や壊れた照明器具がそこかしこに散らばっている。濃緑と赤に塗られた壁には、窓枠や幅木に沿って派手な刳り形が残っている。

オーディはそこで上着を枕に横たわり、胎児のように体をまるめて眠ろうとする。自分の歳を思い出せない。過ぎた年月を数え、三十三だとわかる。夜が訪れ、稲妻が明滅して大気を震わせる。刑務所でもこんな夜を過ごしたことを思い出す。煉瓦の壁を背にして寝台で縮こまり、おのれの悲運に思いをはせたものだ。

「こわいときもあるさ」モスが言っていた。「こわくなったら、夜はどんなに長くてもたった八時間で、一時間はどんなに長くてもたった六十分だってことを思い出せ。かならず夜明けは来る――望まないやつのとこには来ないけどな。あきらめずに踏ん張るしかないんだ。もう一日がんばれ」

刑務所を懐かしむことなどありえないと思っていたのに――モスのことは懐かしかった。あるときはボディーガード、あるときはスポンサーだったが、たいがいは友達だった。

自分の脱獄のことで尋問されたにちがいない。一発や二発殴られたかもしれない。そう思うと胸が痛むが、計画をだれにも――モスにさえも――打ち明けないほうが安全だった。いつか手紙を書いて説明してやろう。

無理にでも気持ちを切り替えようと、ベリータのことを考える。逢い引きをはじめたころの数か月を思い返すと、驚いたことに、それぞれの瞬間が実に鮮やかによみがえる。恋は期せずして訪れるもの、とオーディは腹をくくっていた。機上からパラシュートを投げ、落ちる途中でつかめると信じてあとから飛びおりるようなものだ。たしかに自分は落ちていたが、死の急降下のような心地はしなかった。

そのころ、オーディは週に四、五回、車の送り迎えを利用してベリータと会った。車のなかで、オーディの部屋で、アーバンが農場へ出かけた日や商用で留守にした日は主人の屋敷で、ふたりは愛を交わした。泊まりこむことは一度もなかった。抱き合ったまま眠りに落ちることも、朝にいっしょに目を覚ますこともない。泥棒のように時をかすめとり、事が終わったあと、海や、夜空や、オーディの部屋の天井を見つめていた。

「これまでに何人愛したの？」ある日、ベリータが尋ねた。

「きみだけだ」

「嘘をついてるのね」

「うん」

「かまわない。そのまま嘘を通して」

「何人の男を愛したんだ」

「ふたり」

「ぼくを入れて？」

「そう」

「もうひとりはだれ？」

「だれでもいいでしょ」

ふたりはアーバンのSUVを浜辺の見える高台に停めて、後部座席に横たわっていた。逆巻いて砂上に砕ける波が伸び縮みして浜をねぶり、その力強さは巨大な肺をも思わせた。ベリータについて知りたいことが、オーディには山ほどあった。何もかも知りたい。自分からあれこれ打ち明ければ話を聞き出せるかもしれないが、ベリータはほとんど口をきかずに長い会話をつづける術を心得ていた。それに、まじろぎもしない褐色の瞳は、オーディには計り知れない、あるいはふれてはならない記憶と知識を秘めているかに見えた。

これまでに何がわかったのだろう。スペイン人の父親はラス・コリナスで小さな店を営み、妻が縫うウェディングドレスを売っていたという。建物の一階と二階が店で、その上に一家が住み、ベリータは姉と同じ寝室を使っていたらしいが、姉のことは話そうとしなかった。きらいなものは犬、幽霊の話、地震、口のまわりのかぶれ、マッシュルーム、綿菓子、病院、インクが漏れるペン、回転式乾燥機、通販番組、煙探知機、電気オーブン、臓物。

部屋を見ても何もわからなかった。私物は整頓《せいとん》され、抽斗は下着のある場所のほかはほとんど空だった。衣装棚に吊してある服は、ふたりで買ったときのもの以外に五、六着だった。

家族のこと、育った土地、渡米した時期についてさらに尋ねると、ベリータは決まって怒りっぽくなった。オーディが愛していると告げても同じだった。気持ちを受け止めてくれるときもあったが、たいがい、ばかねと言って押しのけた。オーディの若さをからかうか、軽くいなすだけだった。オーディを遠ざけたかったのだろうが、そうした演技は気づかいの裏返しなので、かえって逆効果だった。

ベリータはオーディの腕時計に目をやり、もう帰る時間だと言った。ふたりは警戒を怠《おこた》るようになり、運を頼りにあまりにも多くの危険を冒していた。

オーディはベリータを屋敷の前でおろすのがつらかった。ベリータが毎晩アーバンのベッドへ行くかどうかは知らないが、不安であることに変わりはなく、ほかの男がベリータの体にふれるのを想像しては、枕に顔を押しつけて嘆いた。嫉妬と欲望のはざまに引き裂かれつつ、ベッドで目を閉じ、映像が心に浮かぶままにした。いたるところにベリータのにおいを感じた。自分の世界はその香りに満ちていた。

「こんな暮らしが好きか」海沿いの道をドライブしながらオーディは尋ねた。なんとか半日の自由時間をかすめとった日のことだった。そうやって自分の人生の重みを量った――ベリータと過ごす数時間の人生を。

ベリータは返事をせず、どっちつかずの表情を見せた。

もう一度尋ねる。「アーバンといっしょの暮らしが好きなのか」

「あの人はよくしてくれる」

「きみはあいつの所有物じゃない」

「あなたはわかってない」

「じゃあ、説明してくれ」

首筋から頬にかけて、ベリータの肌が火照《ほて》っていくのがわかった。

「あなたは若すぎるの」ベリータは言った。

「きみと変わらないよ」

「わたしのほうがいろんなものを見てきた」

オーディは、しばし海へ視線を移した。やるせない。悲しい。頭が混乱している。秘められた愛でも愛と言えるのか、それとも無人の森で人知れず倒れる木と変わらないのか、と問いたかった。ベリータと過ごすひとときだけが真実の瞬間で、ほかのすべてが幻《まぼろし》に思えた。

「ここを離れよう」オーディは言った。

「で、どこへ行くの？」

「東だ。テキサスに家族がいる」

無邪気な愚者に耳を傾けるかのように、ベリータがさびしげに微笑んだ。

「何がおかしいんだ」

「わたしがほしくないのね」

「もちろんほしいさ」

あいていたウィンドウから風が吹きこみ、ベリータの髪が口の端にかかる。ベリータは膝をかかえてうつむいた。

「どうかしたのか」オーディは尋ねた。

返事がない。そのとき、ベリータが泣いているのがわかった。オーディは路肩に車を停めた。あたりはずいぶん暗い。身を乗り出して頬にキスをし、すまないと言った。肌がすっかり冷えている。指先を顔に這わせ、目の見えない男が美を読みとろうとするかのように、くぼみや溝をなぞる。善意と喜びを連れてくるような気安さで、愛が惨《みじ》めさと残酷さと喪失をもたらしうることを、オーディははじめて悟った。

ベリータがその手を押しやり、家に帰してと言った。その後、オーディはシャワーを浴び、鏡の前で長々と動かずにいた。歯ブラシを手に、鏡をうつろにながめる。ベリータの顔が浮かんだまま消えなかった。すぐ近くに見えるのに遠く離れていて、その目はオーディを素通りして彼方を見ている。眉がくっきりと濃く、唇はわずかに開いている。すべらかな肌、褐色の瞳、浅い息差し、絶え間ない吐息。街をライトアップできるくらい、ふたりで情熱をたぎらせた気がするのに、ベリータは早くも通り過ぎ、オーディの体を使って遠い場所へ旅立ってしまった。オーディがそこにたどり着く望みはない。

しばらくして、オーディは部屋の外の公衆電話まで歩き、ダラスの母に電話をかけた。話をするのは六か月ぶりだが、たびたび葉書を出し、誕生日にはプレゼントを贈っておいた。貝殻でふちどられた写真立てだ（迷信深いベリータによると、貝殻は悪運を呼ぶらしい）。

呼び出し音を聞きながら、母がサイドテーブルと帽子掛けをよけてせまい廊下を歩いてくる姿を思い描いた。話しはじめると、自分の声が反響して聞こえる。電話線がほんとうにことばを運んでいるのか、ただの信号に変えているのか、よくわからなかった。

「元気でやってる？」母が尋ねた。

「好きな人がいるんだ」

「どこの人？」

「エルサルバドルだよ。結婚しようと思う」

「あんたはまだ若い」

「最高の女なんだ」

「プロポーズしたの？」

「いや」

夜明けになって眠りに落ち、正午近くに目覚める。自由でいられるうちは外で陽光を浴び、たっぷり空気を吸っておきたい。映画館をあとにしたオーディは、頭をすっきりさせようと通りを歩く。刑務所を出たときはある計画をいだいていたが、いまはその代価が高すぎるのではないかと思いはじめている。すでに無辜《むこ》の人間がふたり死んだ——どう転んでも、こんなやり方が正しいとは言えまい？

気のせいか、人が自分を見て指を向け、陰口を叩いているように見える。ガウン姿の男とタトゥーのある若い女のそばを通り過ぎる。女がむかっ腹を立て、上階の窓に向かって「ドアをあけなってば」と怒鳴っている。焦げた車、捨てられた冷蔵庫、ディスカウントストア、ショールーム、バイカーの一群。その横をオーディは歩いていく。

ふと見あげると教会があり、正面の立て看板にこう書かれている——〝真に神を愛するなら、あなたの富を見せなさい〟。向かいの角は小さな酒店で、入口の上に派手なネオンサインがある。棚にずらりと並んでいるのは、ウィスキーやリキュールや味も名前も知らない果実酒のボトルだ。酔ってすべてを忘れるほうが楽かもしれない、とオーディは考える。

頭上でドアベルが鳴る。店内の通路にはだれもいない。防犯カメラが店の出入口を撮っている。自分が映っているのがわかる。オーディはカウンター奥の男に向かってうなずく。公衆電話がある。母に電話しようかと考えたが、思いとどまり、番号案内で電話番号を尋ねてから、その番号にかけて発信音に耳を澄ます。受付係が出る。

「ファーネス特別捜査官と話したいんですが」オーディは言う。

「どちらさまですか」

「伝えたいことがあります」

「お名前をうかがわなくてはなりません」

「オーディ・パーマーです」

受話器が何かの硬い表面に置かれたらしい。押し殺した声と廊下で叫ぶ声が聞こえる。オーディはカウンターの男を見やる。うなずく。背を向ける。

女が電話に出る。

「ファーネス特別捜査官ですか」

「そうよ」

「オーディ・パーマーです。前にお会いしました」

「ええ、覚えてる」

「あなたに薦められた本を読みました。図書室で取り寄せるのに少し時間がかかりましたが、とても面白かったですよ」

「読書会の人集めで電話したわけじゃないでしょ」

「はい」

「こちらがあなたを探しまわってるのはご存じね、オーディ」

「想像はしていました」

「自首しなさい」

「それはできません」

「なぜ」

「まだすることがあるからです。でも、キャシーとスカーレットを撃ったのがぼくじゃないことは知っていてください。嘘じゃありません。母の命と父の墓にかけて、やったのはぼくじゃないと誓います」

「ここまで来て、直接説明すればいいでしょう？」

オーディは腋から汗が流れ落ちるのを感じる。受話器を離し、耳を肩でぬぐう。

「聞いてる？」

「ええ、捜査官」

「なぜ逃げたの、オーディ。あとたった一日だったのに」

「あの金を盗《と》ったのはぼくじゃない」

「襲撃を認めたでしょう？」

「事情があったんです」

「どんな？」

「言えません」

デジレーが沈黙をこじあける。「わたしはね、オーディ、あなたがお兄さんかだれかの罪をかぶったんじゃないかと思ってる。でも、法の観点から言うと、襲撃事件にかかわった全員が等しく有罪なのよ。強奪した者も、逃走車を運転した者も、ただ電話をかけた者も」

「あなたはわかってない」

「なら説明して。なぜ脱獄したの？　釈放されるところだったのよ」

「ぼくはけっして自由にはなれない」

「どうして？」

オーディはため息を漏らす。「ファーネス捜査官。この十一年、ぼくは恐怖とともに過ごしてきました。起こるかもしれないことを恐れながら。起こったことを恐れながら。眠るときも片目をあけて、どこにいても壁を背にして。だけど、実のところ――逃げてからはぐっすり眠れていますよ。恐怖こそが真の敵だと気づいたからでしょう」

デジレーは大きく息をつく。「いまどこにいるの？」

「ある酒店です」

「わたしが行くから投降しなさい」

「そのころにはいませんよ」

「カールはどうなったの？」

「死にました」

「いつ？」

オーディが受話器をさらに強く握りしめて固く目をつぶると、まぶたの奥で色鮮やかな光の万華鏡が渦を巻きはじめる。光が薄れたあと、川岸に腰かける兄の姿が浮かびあがる。汗まみれの顔で、膝に銃をかかえている。胸の包帯から血をにじませながら、人生の重大な疑問に川が答えてくれるかのように、カールは黒い水に目を凝らした。病院へ行くことはないとカールにはわかっていた。カリフォルニアへ逃げて新しい人生をはじめることもない。

「おれが殺したあの男には、女房と、もうじき生まれる子供がいた」カールは言った。

「何もかもやりなおせたらいいのにな。おれなんか生まれてこなきゃよかった」

「医者を呼んでくる」オーディは言った。「だいじょうぶだ」口でそう言いながらも、そうではないことは承知していた。

「おれには許される資格も祈ってもらう資格もない」カールは言った。「あそこがおれの場所だ」川へ手を伸ばす。吸いこむように渦を巻く流れは、ぬらぬらと黒く、無慈悲そのものだ。

「そんなこと言うなよ」オーディは言った。

「おふくろに愛してると伝えてくれ」

「母さんはわかってるって」

「いまから起こることは、おふくろに教えるな」

言い返そうにも、カールは聞く耳を持たなかった。オーディに銃を向け、立ち去れと言った。オーディがいやだと言うと、カールはその額に銃を突きつけ、顔に血の唾を飛ばして叫んだ。

オーディはトラックに乗って去った。轍で激しく揺られ、涙で視界がかすんだ。バックミラーを見たが、川岸にはだれもいなかった。カールがなんとか逃げて別名で暮らし、どこかでまともな仕事を得て妻子もいる、とオーディは何年にもわたって思いこもうとしたが、心の底では兄がどうなったのかを知っていた。電話の向こうで、デジレーがまだ説明を求めている。

「カールは十四年前にトリニティ川で死にました」

「どんなふうに？」

「溺れました」

「遺体は見つからなかったけど」

「金属の廃品を重りにして川へ飛びこんだんです」

「ほんとうだという証拠はある？」

「川をさらってください」

「なぜこれまでだれにも言わなかったの？」

「兄に約束させられました」

オーディは電話を切ろうとする。

「待って！」デジレーが言う。「保安官の家へ行ったのはなぜ？」

「たしかめたかったから」

「たしかめるって何を？」

電話が切れる。

本書は、二〇一六年九月にハヤカワ・ミステリとして刊行された作品を二分冊で文庫化したものです。

弁護士の血

The Defence

スティーヴ・キャヴァナー
横山啓明訳

有能な弁護士だったフリンは、苛烈な裁判闘争に擦り切れ、酒に溺れた。妻と娘は彼から離れ、自身は弁護士も辞める。その彼の背中に押しつけられた銃。「法廷に爆弾をしかけて証人を殺せ、断れば娘を消す」――ロシアマフィアの残虐な脅迫。自分はどうなってもいい、娘のために闘う決意をした男が取ったのは……

ハヤカワ文庫

二流小説家

The Serialist

デイヴィッド・ゴードン

青木千鶴訳

〈映画化原作〉筆名でポルノや安っぽいSF、ヴァンパイア小説を書き続ける日日……そんな冴えない作家が、服役中の連続殺人鬼から告白本の執筆を依頼される。ベストセラー間違いなしのおいしい話に勇躍刑務所へと面会に向かうが、その裏には思いもよらないことが……三大ベストテンの第一位を制覇した超話題作

ハヤカワ文庫

解錠師

The Lock Artist

スティーヴ・ハミルトン
越前敏弥訳

〈アメリカ探偵作家クラブ賞最優秀長篇賞／英国推理作家協会賞スティール・ダガー賞受賞作〉ある出来事をきっかけに八歳で言葉を失い、十七歳でプロの錠前破りとなったマイケル。だが彼の運命はひとつの計画を機に急転する。犯罪者の非情な世界に生きる少年の光と影をみずみずしく描き、全世界を感動させた傑作

訳者略歴　1961年生，東京大学文学部国文科卒，翻訳家　訳書『氷の闇を越えて』『解錠師』ハミルトン，『災厄の町〔新訳版〕』『九尾の猫〔新訳版〕』クイーン（以上早川書房刊）他多数

HM=Hayakawa Mystery
SF=Science Fiction
JA=Japanese Author
NV=Novel
NF=Nonfiction
FT=Fantasy

生《せい》か、死《し》か
〔上〕

〈HM㊽-1〉

二〇一八年三月十　日　印刷
二〇一八年三月十五日　発行
（定価はカバーに表示してあります）

著　者　マイケル・ロボサム
訳　者　越《えち》前《ぜん》敏《とし》弥《や》
発行者　早川　浩
発行所　株式会社　早川書房
郵便番号　一〇一 - 〇〇四六
東京都千代田区神田多町二ノ二
電話　〇三 - 三二五二 - 三一一一（大代表）
振替　〇〇一六〇 - 三 - 四七七九九
http://www.hayakawa-online.co.jp

印刷・星野精版印刷株式会社　製本・株式会社フォーネット社
Printed and bound in Japan
ISBN978-4-15-183251-2 C0197

本書は活字が大きく読みやすい〈トールサイズ〉です。